THOMS
ENBROOK,
ISTOIRE ANGLOISE,

Traduite par M. D. L. P.

---

a vincit amor, & nos cedamus amori.
Virg. Eclog. 3.

ECONDE PARTIE.

A LONDRES:

M. DCC. LIV.

THOMS KENBROOK.

SECONDE PARTIE.

CHAPITRE PREMIER.

Continuation des ſoupçons & de la jalouſie de Thoms-Kenbrook. Ses premiers pas vers l'infidélité, & ſes premieres démarches pour s'éloigner de Léonice.

MILORD fut reconnu Gouverneur de la Jamaïque avec toutes les marques d'une joie univerſelle. Après les cérémonies embarraſſantes, & les viſites réciproques uſitées en pareil cas, on ſe diſpoſa à parcourir l'Iſle, qui n'eſt pas vaſte, mais riche & bien peuplée. On choiſit de beaux jours pour ce voyage, & Léonice, dont la ſanté étoit parfaitement rétablie, voulut être de la partie: Milord en fit part à Iſidore, qu'il invita à faire compagnie à ſa fille. Iſidore prit ſans doute conſeil de Wolmann; & celui-ci ne manqua pas de lui faire remarquer qu'elle ne pouvoit ſe refuſer à cette invitation, d'autant plus que Léonice, qui avoit eu pour elle les manieres les plus obligeantes, devoit être du voyage. Elle ſe rendit donc avec ſa ſuivante au jour marqué; & nous nous diſpoſions à monter en carroſſe, lorſque j'apperçus le jeune Pollinwick en bottes, qui s'avança pour donner la main à Léonice; ſon laquais lui menoit un cheval de main très-richement harnaché. A cette vûe la jalouſie & la crainte reprirent place dans mon cœur; je ne ceſſai point d'en être agité tant que dura cette tournée. Pollinwick n'avoit point paru chez Léonice depuis ſa premiere viſite; je l'avois pour ainſi dire oublié, & mes ſoupçons s'étoient preſque entierement diſſipés: il les renouvella cruellement. Nous partimes cependant; Milord montoit un cheval de toute beauté, dont on lui avoit fait préſent à ſon arrivée dans l'Iſle: Pollinwick avec ſon pere lui firent compagnie. Dans tout le voyage, j'eus l'œil ouvert ſur les démarches de mon rival, & j'obſervai de ſi près Léonice, que je ne la quittois, pour ainſi dire, qu'au lit & à la table : il ne ſe paſſa rien pendant très-long-tems dont je puſſe raiſonnablement être offenſé. Pollinwick ſe préſentoit ſouvent à la portiere du carroſſe pour ſçavoir de Léonice ſi la voiture étoit douce, ſi ſa ſanté n'en recevoit point quelque altération ; elle répondoit à ces complimens d'un air gracieux, mais compoſé, de ſorte que tout ſe paſſoit entr'eux dans le reſpect & la modeſtie. Ma plus grande peine étoit de ſçavoir ce qui ſe paſſoit entr'eux à table, où je ne pouvois aſſiſter ; mais je me raſſurois ſur la préſence de Milord, ſur les promesses de Léonice, & sur sa tendresse, dont à chaque instant elle me donnoit des preuves sensibles. Malgré cela, ce que j'avois appris d'un des gens de Pollinwick, me causoit de l'inquiétude ; à tout examiner de près, je ne pouvois m'empêcher de voir un rival dans la personne de son fils : ces réflexions me jettoient dans une alternative chagrinante de trouble & de repos, d'espoir & de défiance continuelle. J'étois bien éloigné de goûter les douceurs que je m'étois proposées dans ce voyage : nous y employames huit jours, qui furent pour moi huit années. Tous les matins Pollinwick se trouvoit exactement à la toilette de Léonice, & tous les soirs il lui donnoit la main pour la conduire à ſon appartement. Mais il étoit ſi réſervé dans ſes diſcours & ſes manieres, que l'homme de Cour le plus poli, avec autant d'uſage du monde que d'eſprit & de politique, n'auroit pas pris un autre ton pour ſe déguiſer aux yeux de ſon rival : il ne ſçavoit cependant pas que je le fuſſe, dumoins je n'étois pas en droit de le ſoupçonner.

J'avois un déſir violent de parler en ſecret à Iſidore ; mais il m'étoit comme impoſſible : dans la route nous étions tous dans le même carroſſe, & lorſque nous étions arrivés, elle ne pouvoit ſe diſpenſer de faire compagnie à Léonice. Un ſoir il arriva que nous nous trouvames logés ſi à l'étroit, que l'appartement de Léonice & le

ſien n'en compoſoient,pour ain-
ſi dire, qu'un ſeul, & même ma
chambre touchoit à celle d'I-
ſidore. On ſe retira d'aſſez bon-
ne heure, & Léonice ſe fit
mettre au lit plûtôt qu'à l'or-
dinaire: je ſortis de ſa cham-
bre avec Iſidore qui l'y avoit
accompagnée; & l'ayant éclai-
rée juſques chez elle, je cher-
chai d'abord à me ſoulager
des inquiétudes qui m'agi-
toient, en la priant de me par-
ler ſincérement, & avec fran-
chiſe. Content de la voir diſ-
poſée à ne me rien cacher, je
la preſſai de me dire ce qui ſe
paſſoit entre Pollinwick & Léo-
nice: j'appris d'abord que Pol-
linwick étoit tel que ſon do-
meſtique me l'avoit dépeint,
extrêmement riche, unique héri-

tier, avec de grandes ſucceſſions à eſpérer ; qu'on avoit parlé confuſément à table de le marier ; mais que ſon pere ayant fait un grand étalage de ſa puiſſance & de ſes revenus, ayant même parlé de ſon fils avec une affectation trop marquée, Milord en avoit paru choqué, & avoit fait tomber adroitement la converſation ſur autre choſe ; que cependant le jeune Pollinwick marquoit beaucoup d'empreſſement pour Léonice ; qu'il étoit extrêmement attentif à la prévenir en tout ; que ſans ſçavoir préciſément ſes prétentions, elle prévoyoit qu'il avoit formé le deſſein de l'épouſer ; mais que dans un entretien particulier qu'elles avoient eu à ce ſujet, Léonice s'étoit miſe à rire en diſant, Pollinwick ne ſent pas la puérilité de ſon projet.

Cette nouvelle diſſipa beaucoup le trouble & le déſordre où j'étois ; je fis avec tranquillité le reſte du voyage : le début du pere, me diſois-je à moi-même, a indiſpoſé Milord, les démarches du fils ſont regardées comme vaines & inutiles de la part de Léonice, elle ne les enviſage que comme un jeu d'enfant. Qu'ai-je à craindre ? banniſſons loin de nous ces idées importunes qui ne ſervent qu'à troubler mon repos, & qui font injure à la tendreſſe de Léonice. Dès-lors il ſe répandit ſur mon viſage certain air de ſatisfaction dont Iſidore s'apperçut : elle voulut en ſçavoir la cauſe, & je lui dis que j'étois charmé d'apprendre que Léonice fût dans la disposition de ne se point marier ; que je serois fâchée qu'elle prit un époux, n'aimant pas à avoir de maître. Mais, me dit-elle, ma chere Ursine, c'est un maître dont vous receveriez de beaux présens, & avec qui vous pourriez trouver beaucoup d'autres avantages. Ce discours m'outragea, & me déplut si fort, que dans le moment, oubliant mon état, je lui répondis brusquement: Que vous me connoissez mal, Isidore, & que vous êtes éloignée de pénétrer mes sentimens ; je préfere Léonice à tous les biens du monde. Dans cet instant j'aurois souhaité de voir Isidore chercher à sonder mon cœur, & exiger de moi que je lui expliquasse le sens caché d'une réponse aussi peu convenable à l'état où elle me voyoit. Je l'aurois laissé pénétrer jusques dans mes plus secrettes pensées ; je lui aurois fait l'ouverture de tous les replis de mon cœur ; peut-être même auroit-elle découvert d'abord la vérité : mais non ; ne faisant attention qu'à mon embarras, qu'elle interprétoit mal, elle se contenta de me dire : Assurément, Ursine, je suis ravie de vous sçavoir de si beaux sentimens ; on voit peu de femmes attachées comme vous à leurs maîtresses. Ce compliment eût été flateur pour une Femme-de-chambre qui auroit été plus femme que moi : il révolta mes sentimens, j'ouvris les yeux pour la premiere fois ; & jettant un regard ſur moi même, bon Dieu, me dis-je alors, quel rôle joue-je dans le monde? amour cruel, qu'exige-tu de moi? Je mourois d'envie de découvrir tout le miſtere à Iſidore, & de la ſupplier de faire tous ſes efforts pour éloigner Léonice d'agréer la main de Pollinwick, ou dans le cas contraire d'accepter la mienne; mais j'aurois ſouhaité que liſant dans mes yeux, elle eût deviné elle-même le déſir qui me preſſoit, & que ſa curioſité eût exigé de moi un détail circonſtancié de mes aventures. Il me fut impoſſible de la faire entrer dans mes vûes; elle ne voulut rien ſçavoir de tout ce que je ſouhaitois le plus de lui apprendre: peut-être étoit-elle occupée pour ce moment de la tendreſſe de Wolmann, de qui elle attendoit une fortune brillante. Cependant je remarquai dans ſes diſcours une délicateſſe de ſentimens, & un dégoût affreux qui ſembloit s'oppoſer à ce mariage, d'autant que Wolmann lui avoit avoué trop ingénuement l'obſcurité de ſa naiſſance, & la caducité de ſon âge. Minuit nous ſurprit dans cette converſation, & une clocle qui ſonna, peut-être pour troubler le repos de quelques Moines, nous avertit qu'il étoit tems de ſonger nous-mêmes à nous repoſer.

CHAPITRE II.

Scène nocturne, qui ne ſera peut-être pas plus amuſante que celle qu'on a lûe dans la premiere Partie.

MIlord dont le beau feu pour Iſidore n'étoit que caché ſons la cendre, eut pour elle dans le voyage toutes les attentions qu'on auroit pour la Dame la plus diſtinguée; ceux de ſa ſuite s'efforcerent à l'envi d'imiter un Seigneur ſi plein de politeſſe : il ſçavoit le monde mieux que perſonne, il n'en ignoroit pas la moindre bienſéance, & il en faiſoit uſage ſi à propos, que tout cédoit à ſes

ſes déſirs. Iſidore cependant les avoit toujours combattus avec ſuccès: il voulut tenter une derniere attaque ; loin des yeux du jaloux Wolmann, il ſe perſuada que moins éclairée, Iſidore ſeroit plus ſenſible à ſes tendres déſirs: l'entrepriſe lui parut belle, le ſuccès délicieux; mais l'occaſion favorable étoit très-difficile à trouver: elle ſe préſenta comme d'elle-même. Voici les circonſtances de cette aventure telles qu'Iſidore même me les raconta le lendemain.

Partant, me dit-elle, de *Sevilla-de-l'Oro*, autre fois Ville capitale de la Jamaïque, où nous avions couché, comme vous ſavez, nous fumes loger dans un petit Bourg ſitué ſur le bord de la mer, appellé *Orzi*. Pollinvick qui accompagnoit Milord, étoit Seigneur de ce Bourg, & y avoit une maiſon belle & vaſte, & dans une ſituation charmante : les jardins ſurtout réuniſſoient tout ce qu'on peut imaginer de plus charmant ; de longues allées à perte de vûe, plantées d'arbres odoriférens, alloient ſe terminer ſur le bord de la mer. Milord nous propoſa d'y aller prendre l'air après le ſouper ; nous y deſcendimes : après y avoir fait pluſieurs tours, nous enfilames une des allées qui conduiſoit à la mer ; elle étoit beaucoup plus longue que nous ne nous l'étions imaginé : nous marchames long-tems avant que d'en voir le bout. Léonice ſe trouva fatiguée, elle s'aſſit un inſtant, elle avoit avec elle Pollinwick & ſon fils, qui lui donnoient le bras : Milord m'avoit offert le ſien ; & comme nous marchions aſſez vîte, nous arrivames ſeuls au bord de la mer. Milord qui étoit de la plus belle humeur du monde, m'occupoit ſi agréablement, que je ne m'apperçus point que nous avions quitté la compagnie. L'obſcurité de la nuit qui ſurvint, acheva de me tromper : nous voulumes retourner par la même allée ; mais comme pluſieurs ſe terminoient au même terme, nous en primes une autre, qui après que nous eumes long-tems marché, nous conduiſit dans un boſquet fort épais. J'étois extrêmement laſſe : Milord me preſſa de m'aſſeoir ſur des bancs que nous trouvames dans le boſquet ; mais je ne voulus point y conſentir :

nous marchames encore pendant quelque tems, & regardant derriere moi, j'apperçus des lumières fort éloignées, ce qui me fit juger que nous nous éloignions de plus en plus du logis. Je commençai alors à marquer de l'inquiétude; Milord me rassura, & me fit asseoir malgré moi sur un banc de gazon qui s'offrit par hasard: il s'assit auprès de moi, & ayant pris ma main dans les siennes, Est-il possible, aimable Isidore, me dit-il d'un air passionné, que vous combattiez éternellement un Amant que vos refus irritent? Jusqu'à présent je n'ai pû trouver d'occasion assez favorable pour vous en donner de nouvelles preuves; sans cesse occupé des devoirs de ma place, il ne m'a pas été permis de jouir du plaisir de vous entretenir un seul moment : le voici, ajouta-t'il, ce moment heureux, souffrez, belle Isidore, que j'en profite. Il prononça ces dernieres paroles en me serrant la main avec un transport si vif, que je fus contrainte de la retirer ; mais lui de son côté faisant ses efforts pour la retenir : Un instant, me dit-il, souffrez que je la tienne un moment. Je cédai à la crainte de l'offenser, plûtôt qu'au désir de le satisfaire ; mais il prit le change, & un soupir qui m'échappa malgré moi, le fit encore juger plus favorablement de ce qui se passoit dans mon cœur : il en devint assez hardi pour me dérober un baiser, après quoi me croyant sensible à ses caresses, il se mit en devoir de les redoubler : j'y résistai, & voulus me lever d'auprès de lui ; mais me retenant par ma robe, Vous me fuyez, dit-il, adorable Isidore, vous cherchez à éviter l'homme du monde qui vous est le plus attaché ; je sens pour vous l'amour le plus violent, & vous n'y répondez que par des froideurs & des mépris : à mes carresses les plus tendres vous opposez la résistance ; de grace, charmante Isidore, cessez de m'accabler, daignez répondre à ma tendresse, mettez à cette faveur tel prix que vous souhaiterez : voulez-vous partager avec moi mes biens & mes honneurs ; j'y consens ? exigez-vous ma main ? elle est à vous ; je vous épouserai, j'en atteste le ciel ; mais aussi, belle Isidore, souffrez qu'à vos genoux .....

Il voulut en effet se jetter à mes genoux, mais j'eus assez de force pour le retenir ; jusques-là un saisissement de surprise & de crainte m'avoit ôté la liberté de la parole, mes larmes m'en rendirent l'usage : j'en versai abondamment ; & me trouvant par-là un peu soulagée, je rappellai à Milord mes disgraces, & la situation humiliante où il m'avoit trouvée : je lui représentai la distance extrême qui étoit entre sa condition & la mienne ; & m'étant moi-même dépeinte à ses yeux sous les couleurs les plus méprisables, je le conjurai d'ouvrir les yeux sur ce tableau, & de ne pas souffrir plus long-tems qu'une indigne passion l'aveuglât : je le fis ressouvenir de ce qu'il devoit à son rang, à sa naissance, à l'honneur même, & à la raiſon, dont il avoit toujours ſuivi ſi heureuſement les maximes; je me plaignis amérement de la fortune qui mettoit le comble à mes malheurs, non-ſeulement en me faiſant ſervir à troubler le repos d'un homme qui me combloit ſi généreuſement de ſes bienfaits, mais en m'expoſant encore à corrompre ſa vertu. Je le ſuppliai enfin en termes forts & reſpectueux, de trouver bon que je me retiraſſe, & que j'allaſſe cacher ma douleur & ma honte dans le fond de mon appartement.

Je ne ſçai, continua Iſidore, ſi ma harangue eût produit beaucoup d'effet : mais j'allois me lever au moment que nous entendimes du bruit autour de nous : je levai les yeux, & j'apperçus une lumiere; je tournai mes

mes regards d'un autre côté, j'en vis encore une autre qui sembloit s'approcher de nous. Milord s'en apperçut aussi ; nous ne doutames point qu'on ne nous cherchât : il étoit près de minuit, & Pollinwick, qui étoit dans une inquiétude extrême, nous faisoit effectivement chercher par ses gens. J'appellai ma Femme-de chambre, qui heureusement se trouvant la plus proche de nous, entendit ma voix; elle vint à moi, mais avec beaucoup de peine, parce que nous nous étions enfermés, sans le sçavoir, dans le centre d'un labirinthe : nous en sortimes à peine à la faveur des bougies ; & ayant rejoint la compagnie, nous badinames agréablement quelques instans de cette aventure. Nous nous séparames enſuite ; & chacun ſe rendit à ſon appartement pour prendre du repos.

Lorſque je fus un peu remiſe de ma frayeur, me dit Iſidore, je réfléchis à cette aventure, & il m'entra tant de défiance dans l'eſprit ſur le compte de Milord, que je me promis très-ſérieuſement de ne jamais me trouver avec lui: j'en connus tous le danger, & je demeurai parfaitement convaincue que de quelques malheurs que je fuſſe menacée, je ne pourrois en attendre de plus chagrinans que ceux que cauſent les pernicieux effets de l'amour. Ce ſont-là mes réſolutions: j'éviterai Milord avec ſoin, ſans cependant ſortir des regles du devoir & de la bienſéance. Voilà ce que m'apprit la triſte Iſidore, en me priant de tenir le tout ſecret.

CHAPITRE III.

A Trompeur Trompeur & demi.
S'il t'égratigne, mors-le.

NOus partimes du logis de Pollinwick ſur les dix heures du matin, & nous rentrames le ſoir à *Port-Royal*, où nous avions fixé notre demeure: à notre retour tout ſe paſſoit chez Milord dans la joie & dans les plaiſirs; une heureuſe abondance rempliſſoit le logis de préſens magnifiques, malgré les défenſes expreſſes qu'il avoit fait d'en recevoir aucun: je triomphois cependant en ſecret de voir l'importun Pollinwick éloigné de Léonice. Pluſieurs jours s'écoulerent en effet ſans qu'il parût. Léonice apprit qu'il étoit indiſpoſé; mais elle ne parut en être touchée qu'autant que la bienſéance l'exigeoit. Il vint huit jours après renouveller ſes hommages ; j'étois alors auprès de Léonice dans une poſture & une occupation propre à pouvoir obſerver le commerce de leurs yeux : quoique la converſation fût ſérieuſe, je remarquai dans ceux de Léonice quelque choſe de favorable pour Pollinwick ; j'affectai de ne point m'en appercevoir, & je feignis malgré mon trouble de ne pas lever les yeux de deſſus un petit ouvrage que je tenois à la main : je craignois de laiſſer appercevoir mon émotion à Léonice. J'aurois fort désiré entendre leur conversation; & peut-être en serois-je venu à bout, lorsque j'en fus empêché par Pollinwick, qui m'ordonna de dire en bas qu'on allât lui chercher sa tabatiere qu'il feignit d'avoir oubliée: cet ordre me coûta beaucoup à exécuter, & en sortant le dépit me tira de la bouche quelques termes peu respectueux que Pollinwick n'entendit pas, mais qui furent aisément compris de Léonice.

Quelle fut ma suprise, quand rentrant dans la chambre, je vis que Pollinwick avoit quitté sa place pour s'asseoir à côté d'elle, & qu'il tenoit sa main dans les siennes! Elle voulut la retirer à mon arrivée; mais Pollinwick la retenant: Quoi,

Léonice, lui dit-il d'un ton railleur, vos gens sont-ils faits pour vous gêner ! A ces termes je frémis de dépit & de rage ; je palis, & fus sur le point d'éclater : je dissimulai cependant; & m'approchant d'eux autant que mon état pouvoit me le permettre, & avec autant de crainte que si j'eusse touché à des éclaircissemens réels, j'observai jusqu'aux moindres circonstances : le ton de voix, le coup d'œil, le geste, la façon de s'énoncer, tout m'étoit suspect. J'ignore si Léonice s'apperçut de mon trouble, ou si elle craignit de me causer quelques soupçons ; mais elle s'observa si bien, que je ne découvris rien qui ne servît par dégrés à me rendre plus tranquille : mon attention à l'examiner produifit même un effet que j'étois bien éloigné de prévoir. Tout-à-coup elle interrompit la conversation ; & sous prétexte d'une visite qu'elle avoit à faire, elle ordonna qu'on mit les chevaux à son carrosse. Pollinwick comprit aussi-tôt que c'étoit un ordre pour lui de se retirer ; il nous laissa seuls. Il n'étoit pas encore au bas de l'escalier, que Léonice vint m'embrasser avec un transport qu'on ne peut exprimer : Ma chere Ursine, me dit-elle, seriez-vous bien assez injuste pour me soupçonner de quelque infidélité ? j'ai lû dans vos yeux la crainte & le trouble de votre cœur : Pollinwick a pris ma main malgré moi, je ne la lui ai cédée que par bienséance, & pour sauver le ridicule ; s'il vous a insulté par son ordre incivil & par ses termes indiscrets, il ne l'a pas fait à dessein. Ah! si vous lui étiez connu comme à moi, qu'il se garderoit bien d'une pareille imprudence. Ces paroles étoient dites d'un air si tendre, ces excuses étoient en apparence si légitimes, que je m'y laissai tromper. Il est vrai que je ressentois vivement l'outrage que je croyois m'avoir été fait par Pollinwick; dans le dépit qui m'animoit, je ne me proposois pas moins que d'en tirer raison dès que l'occasion s'en présenteroit. Mais un moment après faisant attention à ce que je paroissois être, je me demandois à moi-même si mes soupçons étoient assez bien fondés pour autoriser mon ressentiment. Cependant il s'absenta de la Ville pour quelques jours, & quand il revint au logis, le tems de ſes viſites ſe paſſa tout entier, ſans qu'il ſe préſentat rien qui pût bleſſer mes yeux. Ainſi le doux calme reprit place dans mon cœur, & ſuccéda pour quelque tems au trouble & à la défiance.

CHAPITRE IV.

Contretems fâcheux pour Iſidore; plus fâcheux pour le Capitaine Wolmann, qui perd l'uſage de ſes membres, & perdra bientôt ſa maîtreſſe.

TRois mois s'écoulerent rapidement, tandis que je flotois entre l'eſpérance de m'unir pour jamais à Léonice, & la crainte de la voir paſſer entre les bras de Pollinwick. L'aimable Iſidore ſe diſpoſoit de ſon côté à partir avec Wolmann pour l'Iſle de Cuba; elle nous aſſura, un jour qu'elle vint rendre viſite à Léonice, que tout étoit prêt, que dans huit jours au plus tard elle viendroit faire ſes derniers adieux, qu'elle attendoit mille douceurs de Wolmann, dont la main bienfaiſante alloit enfin eſſuyer ſes larmes, & arrêter le cours de ſes malheurs; elle vivoit dans cette douce ſécurité, au moment qu'elle apprit la plus accablante nouvelle.

Elle étoit un jour dans ſon appartement occupée à quelques petits ouvrages d'amuſement, lorſqu'un Matelot hors d'haleine, les yeux mouillés de larmes, & les mains ensanglantées, se présente à elle; il ne lui laisse pas le tems de demander la cause de son trouble, il se hâte de le lui expliquer. Je viens, dit-il d'une voix tremblante, vous instruire du funeste accident qui vient d'arriver au meilleur de tous les maîtres; c'est notre Capitaine, c'est l'infortuné Wolmann, qui par une chûte aussi cruelle qu'imprévûe, s'est précipité lui-même de la maniere la plus déplorable. Il venoit de donner ses ordres sur le Vaisseau, & il en descendoit pour se faire conduire au Port, lorsque le pied lui a manqué: il tombe à la renverse du haut de l'échelle sur le bord d'une chalouppe qui l'attendoit; par la violence du coup il se fracasse horriblement une cuiſſe, & ſe fait pluſieurs plaies profondes à la tête : à ſes cris douloureux nous courons tous à ſon ſecours ; nous le trouvons baigné dans ſon ſang & preſque ſans vie : en cet état nous nous ſommes hâtés de le tranſporter à ſon logis ; déja les Médecins l'environnent, & peut-être eſt-il en danger d'une mort prochaine.

A ce triſte récit, Iſidore pâle & tremblante eſt ſaiſie d'une maniere ſi violente, que la douleur & l'effroi lui ôtent l'uſage de la parole : elle revint cependant de ſon évanouiſſement ; & dans ſon tranſport, ſon zéle joint à ſa reconnoiſſance pour ſon bienfaiteur lui fait franchir les bornes de la bienſéance ; elle vole au logis de Wolmann, & demande à le voir. Elle entre dans ſon appartement, elle approche de ſon lit les yeux baignés de larmes, elle l'embraſſe tendrement; & lui donnant mille témoignages de la plus vive douleur : ô le plus généreux de tous les hommes, s'écrie-t'elle, que le deſtin cruel eſt contraire à nos vœux! moment fatal! où je croyois toucher à la fin de mes diſgraces, vous allez être pour moi l'origine & la ſource de tous les malheurs. Wolmann l'entendit; mais l'état affreux auquel il eſt réduit lui a ôté l'uſage de la voix : il ne peut répondre à la tendreſſe de ſa chere Iſidore que par quelques larmes. Cependant la douleur aigriſſant ſon mal, les Médecins prierent Iſidore de s'éloigner; ſa Femme-de-chambre l'arracha d'auprès de lui, & la reconduisit chez elle. Elle n'y fut pas plûtôt arrivée, qu'elle s'abandonna toute entiere à la tristesse & au chagrin. L'idée de la perte qu'elle avoit faite ne la quittoit point; un torrent de larmes mouilloit son visage; elle poussoit sans cesse des plaintes ameres vers le Ciel; elle accusoit le sort d'avoir mis enfin le comble à ses disgraces. Huit jours entiers se passerent dans cette agitation continuelle, jusqu'à ce qu'elle eût appris que Wolmann étoit hors de danger, que sa fracture étoit parfaitement bien remise, & ses plaies presque guéries, que même dans peu les secours & les soins des Médecins le lui rendroient en parfaite santé.

Depuis ce moment elle ne manqua pas un jour de visiter

le Capitaine; elle marqua même tant de sincérité & d'affection dans les bons offices qu'elle lui rendit, elle fit paroître tant de zéle pour son rétablissement, qu'elle le vit disposé à lui donner tous ses biens, au cas qu'il mourût de cette maladie. Elle parut rejetter cette proposition avec le plus grand désintéressement. Wolmann qui étoit déja plus que sexagénaire, fut cependant long-tems à guérir, & lorsqu'il commença à marcher, il ne pouvoit le faire qu'appuyé sur des béquilles. Quel coup d'œil qu'un Amant grison & impotent, pour une jeune fille telle qu'Isidore! Elle l'aimoit pourtant, ou du moins feignoit de l'aimer.

CHAPITRE V.

Second Tome du Curieux impertinent. Mariage projetté de Léonice. Sentimens de Toms-Kenbrook à cette occasion.

PEndant cet intervalle, Pollinwick fut plus assidu que jamais au logis de Léonice ; il y entroit librement à toutes les heures du jour, ses empressemens & ses soins redoubloient : je fus allarmé de ses familiarités ; je crus même m'appercevoir qu'il s'étoit fait quelque changement dans l'humeur de Léonice : je m'en expliquai avec elle ; mais ses promesses feintes me rassuroient. Elle devoit, di-soit-

ſoit-elle, faire au premier jour l'ouverture de ſon cœur à Milord; elle attendoit tout de ſa tendreſſe: ces aſſurances ſi ſouvent réitérées ſembloient devoir me calmer. Cependant Pollinwick avançoit par degrés dans ſon amitié: il m'étoit devenu ſi ſuſpect, que je ne le voyois point approcher d'elle que je ne frémiſſe; mes ſeuls momens tranquilles étoient ceux où il en étoit éloigné. Mais bientôt il ne fit plus miſtere de ſon amour, il en entretenoit Léonice en ma préſence: elle feignoit de ne point entendre, mais ſes déguiſemens ſembloient m'annoncer ouvertement ſa défaite & ma honte: je cherchai à m'en aſſurer, & formai le deſſein abſurde de l'obſerver ſans être vû, lorſque Pollinwick ſeroit auprès d'elle. Pour y réussir, je pratiquai un trou assez large dans une fausse porte qui communiquoit de ma chambre à la sienne : ce qui me gêna le plus, ce fut la tapisserie ; mais l'amour est ingénieux, il favorisa mon entreprise. Malgré mes soupçons, il est certain que jamais je n'avois été bien persuadé que Léonice me trahît ; dès le jour suivant même, j'eus occasion de m'en convaincre. Pollinwick vint à son ordinaire vers le midi, je faisois alors la toilette de Léonice ; j'achevai en un instant, & pour avoir lieu de me retirer, je prétextai quelques occupations dans ma chambre. A peine eus-je disparu, qu'il s'approcha & s'assit auprès d'elle : je remarquai d'abord que Pollinwick l'entretint assez ong-tems d'un air sérieux. Léonice lui répondoit en souriant : cependant elle avoit les yeux baissés ; elle ne les levoit de moment à autre que pour le regarder avec attention, sans doute lorsqu'il lui disoit quelque chose qui l'affectoit davantage : il ne m'étoit pas possible de rien entendre, j'étois trop éloigné ; mais j'observai qu'en parlant avec feu, Pollinwick prit la main de Léonice & la baisa plusieurs fois d'un air extrêmement passionné, sans qu'elle fît aucune résistance : l'entretien me parut ensuite fort enjoué. Léonice éclatoit quelquefois de rire ; ensuite ayant repris l'un & l'autre un air sérieux, j'apperçus Pollinwick transporté d'amour se jetter aux genoux de Léonice, qui dans ce moment me parut extrêmement embarrassée. Je laisse à juger ce que je devins à cette vûe: quoique je n'eusse rien découvert dont la modestie pût être blessée, elle me jetta dans le transport le plus violent; je sortis de ma chambre comme un furieux, & entrant brusquement dans celle de Léonice, je surpris Pollinwick dans cette posture. Quelle confusion pour l'un & pour l'autre! Pollinwick se releva d'abord; mais ni l'un ni l'autre, saisis de trouble & de remords, n'osoient jetter les yeux sur moi: je rougis moi-même d'avoir été témoin d'une scène si contraire à mon repos; j'eus honte d'être la dupe de ma trop grande crédulité. Quelle raison n'avois-je pas de me croire trahi & sacrifié? Quels engagemens Léonice n'avoit-elle pas pris avec moi ? Que ne me faisoit-elle pas espérer chaque jour ? N'avois je pas renoncé à toutes autres prétentions qu'à celles de son cœur ? Elle de son côté ne m'avoit-elle pas promis le sien pour prix de ma constance, & pour gage de sa tendresse ? N'est-il pas cruel, disois-je en frémissant, que ce cœur que je n'ai pû vaincre que par mille soins, & après un tems infini, ait cédé si facilement à un inconnu qui me l'enleve ?

Avec beaucoup de confusion & de dépit, il se mêla tant de fiel & d'amertume dans mes réflexions, que loin d'interpréter favorablement l'embarras de Léonice, & son air composé en m'apperçevant, je me sentis porté à croire que la retenue affectée où j'avois vû Pollinwick, n'étoit qu'un effet de ſa diſſimulation, & que peut-être Léonice étoit de moitié avec lui dans cette feinte ; quels nouveaux tranſports cette affreuſe penſée n'excita-t'elle pas dans mon cœur ! J'eus cependant aſſez d'empire ſur moi-même pour ne point éclater. Dans le deſſein que je formai de ſçavoir au vrai les ſentimens de Pollinwick, je ménageai un entretien ſecret avec ſon Valet-de-chambre : mon intention étoit moins de lui faire des ouvertures, que je ne voulois pas riſquer légerement, que de tirer de lui-même celles que ſa ſimplicité laiſſeroit échapper.

C'étoit un Anglois, qui depuis quatre an étoit au ſervice de Pollinwick. Il me parut d'abord avoir beaucoup d'attachement pour ſon maître, & dans nos premieres entrevûes je n'appris que ce que je ſçavois beaucoup mieux que lui. Un jour il alla plus loin ; il me dit ſous le ſecret, qu'il avoit remis pluſieurs billets de la part de ſon maître à un des gens de Léonice ; que quoiqu'ils fuſſent tous ſoigneuſement cachetés, il en avoit lû un preſqu'en entier, qui lui avoit paru plein de tendreſſe, & où les termes *d'heureuſe alliance* étoient ſouvent répétés ; qu'il donnoit même à comprendre que *bientôt ils ſeroient unis par le nœud du mariage ;* que d'ailleurs dans la maiſon de Milord Pollinwick on ne parloit d'autre choſe que de cette alliance, qu'on regardoit comme très-prochaine.

Il me parut alors que je devois être ſatisfait du côté de ma curiosité, mais fort peu de la nouvelle accablante que je venois d'apprendre; je crus qu'après tant de témoignages, qui ne me laissoient aucun doute sur le bonheur de mon rival, il ne me restoit plus qu'à me livrer tout entier à ma douleur. Toutes mes agitations se renouvellerent en effet plus vivement que jamais. Voilà, m'écriai-je douloureusement, le prix de ma tendresse, de mes assiduités, & de mes soins; voilà la source de ma honte, & celle de tous mes malheurs. Après ce coup, je ne dois plus attendre de la rigueur du sort qu'une suite de maux, qui bien-tôt termineront mes malheureux jours.

Cependant comme les infortunés se flattent toujours, & qu'un qu'un jaloux n'eſt jamais content qu'il n'ait mis lui-même le ſçeau à ſon malheur, en juſtifiant le ſujet de ſa jalouſie, je cherchai dès-lors à ménager un entretien avec Léonice, pour ſçavoir d'elle même ce que je craignois le plus d'apprendre. Je ne pus qu'à peine y réuſſir ; Pollinwick lui étoit devenu ſi familier, qu'il ne la quittoit pas plus que l'ombre fait le corps : je m'apperçus même pluſieurs fois qu'elle ne cherchoit qu'à m'éviter, & qu'elle écartoit adroitement toutes les occaſions d'en venir avec moi à un éclairciſſement. Un ſoir cependant, étant reſté ſeul avec elle après que je l'eus miſe au lit : eh bien! Léonice, lui dis-je d'une voix tremblante, il eſt donc vrai que vous m'abandonnez? je n'en puis plus douter, vous cedez à l'amour de mon rival; eſt-ce là le prix de ma tendreſſe & de mes ſervices?.... Elle m'interrompit, & pouſſant un ſoupir, ah! dit elle, ne m'accablez point d'un reproche inutile & ſuperflu; il faut que j'obéiſſe: en diſant ces mots, elle ſe détourna, & ſe cachant les yeux de ſa main, elle répandit quelques larmes; elles m'attendrirent juſqu'à m'en tirer à moi-même. Un de ſes gens entra dans le moment, & mit fin à cette triſte converſation.

Enfin elle diſſimula ſi bien, que peu de tems après j'appris du même Valet-de-chambre de Pollinwick, que dans quinze jours ſon maître devoit conduire Léonice à ſa terre pour l'épouſer en ſecret. A cette nouvelle, quels nouveaux transports! que de réflexions accablantes! que de projets différens, la plûpart sans suite & sans raison! Je m'étois proposé d'abord de reprendre mes habits d'homme que je conservois dans une malle, & de faire un défi à Pollinwick, pour décider entre nous à qui appartiendroit la main Léonice, ou bien de me montrer en cet équipage lorsqu'il viendroit la voir, & de me faire connoître pour ce que j'étois. Il falloit que mon emportement fût au comble, pour m'inspirer de pareilles extravagances. Au milieu de mon trouble, j'eus pourtant assez de prudence pour rejetter ces deux partis. Je me perdrois par-là, me disois-je à moi-même, en m'exposant ainsi à la vengeance de Milord, dans une Isle surtout dont il est maître absolu ; où fuir pour éviter son ressentiment ? d'ailleurs je perdrois encore Léonice ; en découvrant mon état, je la couvrirois de honte & de confusion. Que faire dans cette extrémité ? Ah ! fuyons une Isle infortunée, & éloignons-nous pour jamais des yeux d'une perfide & d'une infidelle : n'est-ce pas trop longtems abuser moi-même de ma propre foiblesse, & de ma crédulité ? Mais quoi, ajoutois-je, verrai-je d'un œil tranquille le triomphe de mon rival ? verrai-je Léonice entre les bras d'un autre sans m'en venger ? Non ; il faut que je meure ou qu'il périsse, & qu'un coup d'éclat termine son bonheur, & mette le comble à mon infortune.

CHAPITRE VI.

Isidore volage. Toms-Kenbrook infidele. Léonice abandonnée. Wolmann trahi.

J'Etois dans ces agitations cruelles, compagnes ordinaires du désespoir, lorsque je résolus de m'ouvrir à Isidore, & de lui faire un portrait fidele de ma triste situation. Dans une conversation que j'eus avec elle à ce sujet, je lui dis qui j'étois; je lui découvris le secret de mon état, la cause de mon déguisement, mon amour, & le prix dont ma tendresse étoit payée. Je lui dépeignis Léonice avec les couleurs les plus noires; &

la voyant ſenſible à ma diſgrace, jettez les yeux, lui dis-je, tendre Iſidore, ſur ce portrait fidele de ma vie & de mes malheurs. Telle eſt Léonice à l'égard du plus fidele de tous les Amans. Méritois-je un traitement pareil ? Léonice m'abandonne : trahi, ſacrifié lâchement à un rival, quel parti me reſte-t'il à prendre ? A ce diſcours étonnant je vis la ſurpriſe & la honte ſe peindre tour à tour ſur le viſage d'Iſidore : elle pâlit, elle rougit alternativement ; & me regardant avec confuſion, quoi ? me dit-elle : vous ſeriez un homme traveſti, & vous m'auriez ſous ce déguiſement arraché de la bouche le ſecret de mon cœur ? Non, ajouta t'elle ; je ne puis le croire ; ou vous voulez vous égayer, ou vous cherchez à m'allarmer inutilement. Il n'eſt que trop vrai, répliquai je vivement, & avec tranſport; oui, charmante Iſidore, continuai-je en lui prenant la main, je ſuis un Amant traveſti, mais le plus malheureux de tous les Amans, & le moins digne de l'être. J'ai quitté ma Nation, ma patrie, mes parens, mes biens, une mere tendre & déſolée, qui gémit ſans doute, & regrete ſans ceſſe le fils unique qu'elle a perdu; j'ai tout quitté pour ſuivre Léonice, & vous voyez qu'elle immole avec perfidie un cœur tendre & conſtant à un amour d'un moment; mais puiſque vous ſemblez douter de mon état, je veux vous en convaincre, & paroître à vos yeux tel que j'aurois dû toujours être.

En effet, le jour même sur le soir, je fis porter sous main dans une maison affidée la malle où étoient mes habits d'homme, & ayant dit à Léonice que j'allois souper chez Isidore, je m'y rendis effectivement, & je parus à ses yeux en Cavalier avec un de mes habits les plus propres; elle chercha d'abord à démêler mes traits, & demeurant quelque tems dans l'incertitude; vous n'êtes point Ursine, me dit-elle enfin, je ne la reconnois point à ces traits: vous êtes un fourbe, qui cherchez à tromper ma crédulité. Non, répondis-je en l'embrassant, non, charmante Isidore, je ne suis point un fourbe, & je ne suis plus Ursine; je suis Toms-Kenbrook, dont je vous dépeignois il n'y a que peu d'heures la conſtance & les malheurs. J'eus dans ce moment la douce ſatisfaction d'y trouver Iſidore plus ſenſible encore qu'elle ne l'avoit été d'abord ; je remarquai même que pendant tout le ſouper, elle m'obſervoit avec attention : elle me dit avec bonté que je n'étois pas homme à mériter de mauvais traitemens ; qu'elle blâmoit plus que jamais la conduite odieuſe de Léonice à mon égard. Un ſoupir qui lui échappa, peut-être malgré elle, me fit encore juger plus favorablement de ce qui ſe paſſoit dans ſon cœur : je crus l'occaſion favorable pour lui faire l'ouverture de toute l'étendue de mon projet. Je commençai par écarter loin d'elle toutes les vûes chimériques qu'elle pouvoit avoir ſur le compte de Wolmann : je lui en fis un portrait ridicule & dégoûtant ; & après le lui avoir repréſenté comme un homme au moins ſexagénaire, ruiné de fatigues & de débauches, un homme de néant, infirme, impotent, & ſe trainant à peine ſur des béquilles : voilà donc, lui diſois-je en badinant, le charmant époux deſtiné à devenir le poſſeſſeur fortuné de la jeune & tendre Iſidore ? Le ciel vous préſerve, ajoutai-je auſſi-tôt, d'une pareille diſgrace. La bonne Dona-Caponi qui étoit du ſouper, goûta fort mon raiſonnement, & l'appuya d'une petite hiſtoire qui vint fort à propos.

Une Dame, dit-elle, avec qui j'étois liée il y a quelques années par les nœuds d'une véritable amitié, avoit une jeune fille d'une figure extrêmement touchante; un riche naturel, joint à beaucoup d'éducation, en faisoit une personne toute extraordinaire : elle étoit née de parens nobles, il est vrai, mais disgraciés de la fortune; ses titres & ses charmes lui tenoient lieu de tout. Elle parut un jour dans une assemblée brillante, avec tout l'éclat dont la jeunesse se pare ordinairement. Un vieux barbon la vit; & la voir & l'aimer éperdument fut pour lui la même chose : il n'eut point de tranquillité qu'il n'eût appris le nom & le logis de cette belle. La découverte ne lui en fut point pénible : il se fit donc annoncer par quelques amis communs; & s'étant présenté sous l'air le moins maussade qu'il lui fut possible, il concerta d'abord sur le ton du mariage. Il étoit Armateur, & avoit de gros biens, ce point suffit par tout pays: la mere ni la fille ne pénétrerent pas plus loin; & mettant dans le même sac les ans & les écus, l'un fit agréer l'autre: la jeune dupe taupa à la proposition, & le marché fut conclu Le barbon se montra extrêmement généreux, chacun étoit content; les nôces se firent, & trois mois s'écoulerent pendant lesquels le logis des deux époux sembloit être devenu le séjour de la joie & des plaisirs: cette tranquillité dura peu. Un jour une mouche maudite vint picquer jusqu'au cœur le bon sexagenaire, & de son funeste éguillon y fit entrer le cruel poison de la jalousie. Le vieillard devient furieux, il tonne; il fait rage, tant qu'enfin un beau matin il part, & disparoît aux yeux de sa chere moitié; quatre ans se sont passés depuis cette équipée sans qu'on en ait eu aucune nouvelle. Après cela, dit-elle, en s'adressant à Isidore, fondez, jeunes personnes, fondez votre espoir sur un vieux marin, dont les courses les plus longues & les plus dangereuses font l'occupation la plus chere, & qui ne pouvant résister au mouvement impérieux de son caprice, à la moindre mouche dont il se sentira piqué, fuira loin de vous pour aller peut-être chercher son tombeau dans le sein des mers.

J'attendois la fin de ce discours avec une impatience extrême; les conséquences m'en paroissoient trop avantageuses pour moi dans la situation présente. Voyant donc avec joie Dona-Caponi si bien disposée en faveur de la jeunesse, je ne balançai point à m'expliquer ouvertement en sa présence avec Isidore : je lui rappellai d'abord tout ce qui s'étoit passé entre nous dans le Vaisseau; combien de fois, lui dis-je, n'ai-je pas été touché plus encore de vos charmes que de votre disgrace? Quoique Léonice, l'ingrate Léonice, occupât alors tout mon cœur, n'ai-je pas ressenti cent fois un secret mouvement qui me pressoit de vous y donner place. Représentez-vous mes transports, aimable Isidore, lorsqu'un heureux hasard me procura un jour le plaisir flateur de vous voir quelques inſtans couchée à mes côtés ; vous étiez alors dans un ſommeil profond. Quels charmes raviſſans mes yeux ne découvrirent-ils pas alors ! je les contemplois ſans pouvoir me raſſâſier de cette vûe ; mon amour augmentoit à chaque beauté que j'appercevois : il devint exceſſif, & mon cœur attendri me preſſoit vivement de vous le dire ; mais je reſpectai votre ſommeil, & le devoir m'impoſa ſilence. Je quittai à regret des objets ſi touchans ; cependant un baiſer tout de feu, n'en rougiſſez pas, vous fut pris & donné au même inſtant avec une volupté extrême. Que ne ſuivois-je alors ces tendres mouvemens que mon cœur m'inſpiroit ? que ne cedois-je au beau feu qui m'animoit ? j'aimois, hélas, une ingrate, une infidele, & ne m'attendois pas aux traits perfides qui m'ont percé. L'illusion funeste qui me déroboit alors à moi-même, s'est enfin dissipée, le charme est levé, & mon cœur aujourd'hui mis en liberté ne cherche qu'à entrer dans vos fers. Je vous l'offre, aimable Isidore, avec tout ce que je possede : acceptez le don que je vous en fais, & ne méprisez pas ma tendresse; si ma sincérité vous est suspecte, approfondissez-en la vérité : Léonice, toute ingrate qu'elle est, vous apprendra qui je suis; oubliez vos chimériques prétentions ; souffrez que je vous suive à Cuba. Après y avoir vû vos parens, vous m'accompagnerez

compagnerez en Angleterre, où je vous promets de m'unir à vous pour toujours.

Ce discours fit rougir Isidore: je ne pus distinguer alors la vraie cause de son émotion; mais ses regards se fixerent sur moi. Enfin rompant le silence, elle me dit que le hasard sembloit vouloir lui procurer un bonheur auquel elle n'avoit aucun lieu de s'attendre; qu'il étoit d'autant plus grand, qu'elle avoit une foi entiere à tout ce que je lui assurois de ma naissance & de ma fortune; qu'elle se garderoit bien de jamais parler de moi à Léonice, pour qui elle sentoit déja une haine secrette d'avoir si mal reconnu ma constance; mais qu'elle avoit peine à croire que je prisse jamais un parti aussi désavantageux pour moi, que l'étoit celui que je lui propofois ; qu'elle en étoit d'autant plus furprife, que je fçavois parfaitement à qu'elle extrémité elle avoit été réduite ; qu'il étoit difficile que ma délicateffe ne s'oppofât pas aux difpofitions que je lui marquois ; qu'elle avoit droit de ne les regarder que comme l'effet du dépit & de la jaloufie ; qu'elle ne pouvoit douter que dans la fuite elles ne me causaffent un regret éternel ; & que par l'eftime qu'elle avoit pour moi, & par reconnoiffance pour mes bienfaits, elle n'y confentiroit de fa vie. Pour la détromper, je redoublai mes proteftations, & les affurances de la fincérité de mes fentimens ; je la suppliai d'agréer des offres que l'amour ſeul m'inſpiroit de lui faire ; de ne pas réſiſter à ma tendreſſe & à mes empreſſemens. Je mis de mon côté la bonne Dona-Caponi ; & à l'aide de quelques plaiſanteries qu'elle débita à propos, Iſidore preſque décidée me demanda quelques jours pour y réfléchir. Nous ſortimes de table, & je me retirai après avoir repris mes habits de femme. De-là je retournai au logis, & j'entrai dans l'appartement de Léonice au moment qu'elle ſe faiſoit mettre au lit : elle prétexta une migraine pour m'éviter ; de mon côté, juſqu'à mon départ, je pris le parti de diſſimuler.

Au bout de quelques jours je retournai chez Iſidore, & je remarquai que dans cet intervalle il s'étoit fait beaucoup de changement dans ſon cœur. Je la trouvai entierement diſpoſée à exécuter tout ce que j'éxigeois d'elle : elle m'oppoſa ſeulement les ſentimens que la reconnoiſſance devoit lui inſpirer en faveur de Wolmann, qui étoit, diſoit-elle, l'homme du monde à qui elle avoit le plus d'obligation ; qu'il y auroit de ſa part, non-ſeulement de la perfidie, mais même de la cruauté, & une ingratitude marquée à l'abandonner ; & que dans l'état ſur-tout où il étoit, la douleur qu'il en concevroit ſeroit capable de lui donner la mort. Je combattis de mon mieux ſes raiſons & ſes répugnances : je lui repréſentai qu'il étoit honteux à Wolmann de penſer à ſon âge, & dans l'état auquel ſes bleſſures l'avoient reduit, à s'unir par le nœud du maria-ge avec une jeune personne ; que du reste ses vûes n'étoient pas si pures ni si droites qu'elle se l'imaginoit ; que si elle en avoit reçû des bienfaits, elle les devoit plûtôt à ses propres charmes qu'à la générosité de ce Capitaine, qui dans le fond étoit un avare, & avec qui elle auroit dû s'attendre à vivre très-frugalement ; qu'enfin n'étant liée à lui par aucune promesse, elle pouvoit, sans faire tort à ses sentimens, prendre un parti plus sûre & plus avantageux. Ce discours, & les réflexions qu'elle fit, acheverent de la persuader. Nous résolumes de partir incessamment tous deux pour Cuba ; l'embarras étoit de trouver un Vaisseau. Par bonheur il s'en trouva un tout prêt au

Port, que nous apprimes devoir partir dans quinze jours pour Cadix, & qui comptoit relâcher à Cuba pour quelques semaines : je fis marché avec le Capitaine pour notre passage, & nous nous disposames à quiter la Jamaïque aussi-tôt qu'il mettroit à la voile.

CHAPITRE VII.

Départ de Thoms-Kenbrook de la Jamaïque, & son arrivée à Cuba avec Isidore. Ses soupçons au sujet de cette Espagnole.

CEpendant je conservois dans le cœur un ressentiment violent contre la perfidie de Léonice ; quoiqu'un reste de tendresse me parlât encore pour elle, il m'étoit impossible de l'estimer, & je méditois continuellement une vengeance proportionnée à l'outrage sensible que j'en avois reçu. Jusqu'à mon départ je ne fus occupé que de cette pensée; enfin après y avoir réfléchi, je crus que le mieux étoit de décharger mon dépit sur l'heureux rival qui me l'enlevoit. Dans cette idée, tout étant réglé avec beaucoup de secret pour le départ, je fis porter la veille, sans que Léonice s'en apperçût, mes malles & mes effets au logis d'Isidore, d'où à l'instant même ils furent transportés avec les siennes sur le Vaisseau. Nous nous rendimes au Port le lendemain de grand matin; Léonice reposoit encore, & ne s'attendoit guere à un départ si précipité : Wolmann qu'Isidore avoit amusé jusques-là, y étoit encore moins préparé. Déja l'équipage se disposoit à mettre à la voile, lorsque marquant de l'embarras, je feignis d'avoir oublié quelque chose de conséquence ; je suppliai le Capitaine du Vaisseau de me permettre d'aller à terre pour une heure seulement : aussi-tôt une chaloupe me rendit au Port, & dès que j'eus pris terre, je courus le plus vîte qu'il me fut possible au logis de Pollinwick : il étoit encore au lit ; mais ayant insisté sous prétexte que j'avois à lui parler sur l'heure, il ordonna qu'on me fit entrer. Soit qu'il eût les yeux encore peu ouverts, ou qu'il fût trompé par mon nouvel habillement, il ne me reconnut point : j'approchai

prochai de ſon lit ; & prenant un ton ferme : Pollinwick, lui dis-je, vous aimez Léonice, je le ſçais ; & quoiqu'elle ait promis ſa foi dès Londres même à un de mes parens, elle ſe diſpoſe à vous donner ſa main ; j'en ſuis vivement offenſé : ſi vous continuez à lui rendre des ſervices, en attendant que mon parent arrive dans cette Iſle pour s'en faire raiſon, ſongez que vous aurez affaire à moi. Après ce peu de mots je ſortis bruſquement ſans lui donner le tems de me répondre, & allai rejoindre Iſidore, à laquelle je n'avois point fait part de mon deſſein. Elle m'attendoit avec la derniere impatience ; elle étoit, me dit-elle, dans une crainte mortelle que je ne l'euſſe abandonnée. Nous mimes à l'inſtant à la voile ; & le vent que nous avions en poupe nous éloigna en peu d'heures de cette Iſle funeſte. Notre voyage fut heureux: nous arrivames à Cuba en très-peu de jours. Auſſi-tôt que nous eumes débarqué à la *Havane*, Ville capitale & Port de cette Iſſe, après avoir pris du repos pendant quelques jours dans une Auberge, nous nous fimes conduire au logis de *Dom Pedro de Las-Barbas*, c'étoit le nom de l'Oncle d'Iſidore : il étoit Armateur ; & nous apprimes avec chagrin qu'il étoit parti de la *Havane* pour *Cadix*, d'où il ne retourneroit que dans quelques mois. Cependant Iſidore s'étant fait connoître, une bonne Tante qui gardoit le logis, après avoir donné des marques ſenſibles de ſa joie d'avoir une niéce ſi charmante, nous y offrit un appartement juſqu'au retour de Don Pedro. Iſidore me faiſoit paſſer pour un couſin qu'elle avoit rencontré à la Jamaïque. Elle compoſa à ce ſujet une hiſtoire qu'elle raconta à la bonne tante, à laquelle il ne lui fut pas difficile d'en faire accroire. Dès le premier repas que nous fîmes dans cette maiſon, je fus frappé de la vûe d'un jeune homme âgé d'environ vingt-cinq ans, qui me parut fort occupé des charmes d'Iſidore. Ses ſoins ſembloient être continuellement tournés à ſe faire aimer d'elle par ſes flatteries & ſes politeſſes; ſa figure auſſi prévenante que ſes manieres, me donnerent la curioſité de lui demander s'il étoit le fils de Don Pedro: ce n'eſt pas que j'ignoraſſe que

Don Pedro n'avoit point d'enfans, Isidore me l'avoit appris; je voulois seulement pénétrer ses desseins, & sçavoir si dans sa personne je n'avois point à craindre un rival. Il me répondit avec beaucoup de douceur qu'il étoit neveu de *Dona Maria* notre nouvelle hôtesse, & par conséquent cousin d'Isidore: c'étoit elle qui m'interprétoit ce qu'il disoit, & qui me le rendoit en François; car je n'entendois pas la langue Espagnole. Cependant *Don Jago*, c'étoit le nom du jeune homme, me croyant aussi cousin d'Isidore, me combloit d'honnêtetés & de politesses. Je ne vîs d'abord dans ses empressemens que la galanterie ordinaire dans un jeune homme, à l'égard d'une jolie parente que l'on voit pour la premiere fois ; & pendant quelque tems il ne me vint pas même dans l'esprit, qu'il y eût en tout cela le moindre danger pour moi du côté du cœur d'Isidore.

Cependant en moins d'un mois je crus m'appercevoir qu'il s'étoit fait quelque altération dans son humeur ; je l'attribuai au changement d'air, & au long retardement de son oncle : cette pensée me tranquillisa. Malgré cela je lui demandai si quelque chose lui faisoit de la peine : elle me répondit qu'elle ne connoissoit rien qui pût lui donner du chagrin ; mais elle me fit cette réponse d'un air embarrassé, qui m'auroit dès lors déssillé les yeux, si j'avois été capable de quelque défiance. Du reste j'ignorois la langue ; ainsi il leur étoit aiſé de ſe dire tout ce qu'ils vouloient ſans que j'y compriſſe rien : outre cela je paſſois une grande partie du tems à viſiter ſeul les curioſités du Port & de la Ville, m'ennuyant extrêmement d'entendre parler ſans ceſſe un langage que je n'entendois point. Nous fumes cependant très-long-tems à la *Havane*, ſans que le moindre incident eût pû ſervir à me faire veiller de plus près ſur ce qui ſe paſſoit autour de moi; ſi je revenois de la promenade, je trouvois Iſidore le plus ſouvent ſeule, ou ſi elle étoit accompagnée de ſon couſin, la tante étoit auſſi préſente. Je continuai pourtant de remarquer en elle un air plus ſombre & plus contraint qu'à l'ordinaire, & bientôt après je crus appercevoir à table plus de familiarité entr'eux, & plus de marques d'amitié qu'il n'y en a communément entre des parens : ils s'entendoient par un clin d'œil ou par un ſourire, leurs regards ſe rencontroient ſouvent, & les politeſſes du couſin étoient reçues tout d'un autre air qu'elles ne l'avoient été d'abord par la couſine. Avec tout cela il auroit fallu quelque choſe de plus marqué pour me tourner l'eſprit à la défiance, après tant de preuves que j'avois de la conſtance d'Iſidore pour Wolmann, & de ſon inſenſibilité pour pluſieurs autres. Ainſi je trouvois dans ſa conduite paſſée mille raiſons pour l'excuſer ; & il ſe paſſa encore bien du tems avant que j'euſſe conçû le moindre ſoupçon contre elle. Il eſt vrai qu'un jour à table il échappa à la bonne Dona Maria de dire qu'elle désiroit le retour de Don Pedro avec plus d'empressement que jamais; qu'il seroit bien ravi de trouver chez lui à son retour une héritiere si charmante, & qu'il ne tarderoit pas sans doute à la marier à son gré.

Cette équivoque me causa de l'embarras, & je me dis plusieurs fois intérieurement, *la marier à son gré*, est-ce au gré de l'oncle ou de la niéce? Ces paroles furent pour moi une énigme : je faisois réflexion qu'Isidore m'avoit annoncé comme son cousin; mais peut-être, disois-je, a-t'elle découvert le mistere à sa tante, peut-être l'a-t'elle instruite de tout ce qui se passe entre nous. Ces idées me tinrent pendant tout le repas dans une agitation continuelle. Aussi-tôt qu'il fut fini, & que je me trouvai seul avec Isidore, je lui demandai avec beaucoup de simplicité si elle auroit fait l'ouverture de notre dessein à Dona Maria, qu'elle avoit parlé à table de la marier : elle me répondit en rougissant qu'elle ne lui avoit parlé de rien ; mais Dona Maria, ajouta-t'elle, à qui le nom de cousin que je vous ai donné paroît suspect, a deviné sans doute que nous étions amans. Elle me laissa ainsi dans le doute & l'incertitude, d'où j'aurois souhaité qu'elle me tirât. Du reste il lui étoit d'autant plus aisé de me tromper à ce sujet, que Dona Maria s'étoit apperçue mille fois des manieres familieres dont nous usions librement, même en sa présence. Nous avions marqué d'abord plus de circonspection & de retenue; mais l'amour ennemi de la contrainte, ne peut se déguiser long-tems: il avoit enfin éclaté aux yeux de la bonne tante, & pouvoit lui avoir donné occasion de découvrir notre secret. C'est ainsi que je raisonnois, & que ma sotte crédulité servoit parfaitement la dissimulée Isidore.

CHAPITRE VIII.

Le Trompeur trompé. Nouvelle infidélité d'Isidore. Embarras de Thoms-Kenbrook, qui prend enfin galamment son parti, & devient sage à ses dépens.

EN attendant le retour de Don Pedro, la curiosité nous prit de voir *San-Jago*, Ville capitale de la partie occidentale de l'Isle. Nous eumes pour compagne de notre voyage une jeune personne d'une figure fort aimable, pleine d'esprit & d'enjouement, & nous étions munis de tout ce qu'on peut désirer pour faire gracieusement cette route qui est longue. Malgré cela, je me repentis mille fois de m'y être embarqué. J'avois le désagrément de me voir avec trois Espagnols dont je n'entendois nullement le langage. Isidore parloit François, & quelque peu Anglois : Don Jago parloit parfaitement bien Latin, & je m'amusois quelquefois à m'entretenir avec lui en cette langue ; mais nos Dames à qui elle étoit inconnue, ne pouvoient prendre part à notre conversation, ce-qui me causoit un déplaisir d'autant plus sensible, qu'Isidore en marquoit de la défiance, s'imaginant que nous parlions d'elle ; ensorte que par complaisance j'étois obligé de lui rendre en François ce que nous venions de dire en Latin. Nous arrivames ainsi à *San-Jago*, Ville assez grande & bien peuplée, mais dont les habitans ſont d'une arrogance inſoutenable ; du reſte nous n'y vimes rien de curieux. Les petites Villes que nous rencontrames ſur la route étoient ſi peu de choſe, que nous ne daignames pas ſortir de l'Auberge pour les parcourir. Nous employames plus de trois ſemaines à ce voyage, au bout deſquelles en rentrant à la *Havane*, nous apprimes le retour de Don Pedro. Cette nouvelle nous fit précipiter nos pas ; nous arrivames au logis, où nous trouvames Don Pedro qui ſe diſpoſoit à venir à notre rencontre : il reçut Iſidore avec des tranſports de joie qui ne peuvent bien s'exprimer ; il me combla auſſi de politeſſes, & après un léger entretien ſur ce qui pouvoit concerner la famille, il fit ſervir un fort beau repas, où pluſieurs de ſes amis furent invités : on ne parla que de ſe réjouir ; tant qu'il dura nous fumes régalés d'une ſimphonie délicieuſe, quoique dans le goût du pays. Huit jours ſe paſſerent ainſi dans les plaiſirs & les amuſemens. Les amis de Don Pedro nous régalerent à leur tour ; & dans ces fêtes les vins d'Eſpagne les plus exquis ne furent point épargnés : tout fut prodigué, pour marquer à Iſidore la joie parfaite que Don Pedro reſſentoit de la poſſéder. Ces magnificences duroient encore, lorſque je crus qu'il étoit tems de faire l'ouverture de mes ſentimens à Don Pedro, & de lui expliquer le ſujet de mon voyage. Je prévins auparavant Iſidore, en la priant de me dire quelles mesures j'avois à garder en faisant cette démarche. Mon discours parut d'abord l'embarrasser ; elle reprit pourtant aussi-tôt un air tranquille, & me demanda en souriant si je m'ennuyois chez son oncle : que je n'avois qu'à parler, qu'elle feroit tout ce qui dépendroit d'elle, & qu'elle engageroit même Don Pedro à mettre tout en œuvre pour contribuer à mes plaisirs : qu'au reste à peine son oncle avoit eu le tems de nous voir ; qu'en un mot elle croyoit à propos de différer à parler d'une affaire si importante. Je feignis de ne voir dans ce discours que ce qu'elle vouloit que j'y visse ; du reste ces retardemens me donnerent beaucoup à penser, & dès-lors je commençai à faire peu de fond sur son cœur. J'avois remarqué que notre entretien, qui dura longtems, n'avoit été de ſa part qu'un déguiſement continuel ; d'ailleurs le peu de réſiſtance, ou pour mieux dire, la tendre complaiſance qu'elle marquoit pour les careſſes de Don Jago ſon couſin, m'allarmoit chaque jour de plus en plus. Je formai donc la réſolution de m'expliquer nettement avec Don Pedro à la premiere occaſion qui s'offriroit ; elle ſe préſenta d'elle-même. Un matin que je le vis ſeul ſe promener dans ſes jardins, j'y deſcendis ſous prétexte d'y prendre le frais avec lui, & après un entretien aſſez long ſur les divers dangers que l'on court en mer, j'amenai adroitement la converſation ſur mon voyage de Londres aux Antilles

tilles: je lui dis que mon pere y en avoit fait de fréquens pour ſon commerce, & qu'étant ſon unique héritier, poſſeſſeur d'un bien aſſez conſidérable, j'avois eu la curioſité de faire auſſi un tour dans ces Iſles; que notre Vaiſſeau ayant relâché à la Jamaïque, pendant le ſéjour que j'y avois fait, j'avois eu connoiſſance d'une Dame Eſpagnole chez qui j'avois vû Iſidore; que dans nos divers entretiens j'avois remarqué en elle un riche naturel, & un eſprit qui la mettoit de beaucoup au-deſſus du commun des femmes, ce qui m'avoit engagé à lui offrir ma main; qu'elle m'avoit fait réponſe qu'ayant un oncle à Cuba, elle ne pouvoit s'engager ſans avoir ſon conſentement. Dans cette vûe nous ſommes partis, ajoutai-je respectueusement, pour venir ici vous demander votre agrément : j'ai lieu de croire qu'Isidore n'a pas changé de sentimens à mon égard ; pour moi, je brûle du même feu : je vous offre ma main pour elle, de grace daignez l'accepter.

Don Pedro marqua beaucoup de surprise à cette ouverture : il me dit fort naïvement que sa niéce lui avoit fait entendre que j'étois véritablement son cousin, même fort proche ; qu'à la vérité elle m'avoit rencontré à la Jamaïque chez Dona Caponi, & que lui ayant marqué du désir de la suivre à Cuba, où elle devoit débarquer, elle y avoit consenti : il me témoigna ensuite d'être fort sensible à l'honneur, disoit-il, que je faiſois à ſa niéce, m'aſſurant qu'il s'expliqueroit avec elle pour ſçavoir quels étoient ſes ſentimens à ce ſujet.

Cette réponſe me donna beaucoup de défiance d'une intelligence ſecrette entre Don Pedro & Iſidore. Il ne manqua pas le même jour de lui faire part de notre entretien ; & ayant ſurpris entr'eux pendant le dîner quelques coups d'œil malins, je ne doutai preſque plus que je ne fuſſe trahi. Cependant quelque diligence que j'apportaſſe à m'en aſſurer, je ne découvris rien pendant quelques jours dont je puſſe raiſonnablement m'allarmer ; mais le déguiſement ſeul y avoit part : l'orage qui me menaçoit depuis long-tems créva enfin ; le Ciel ſeroit tombé ſur ma tête en éclats, que j'aurois été moins ſaiſi de douleur & de conſternation, que ne m'en cauſa la triſte nouvelle qui me fut annoncée. Don-Pedro me pria un jour de paſſer dans ſon cabinet; & après quelques complimens polis au ſujet du plaiſir que lui avoit cauſé ma viſite, & de grands témoignages de reconnoiſſance des ſoins infinis que j'avois pris de ſa niéce, il me remercia avec beaucoup de civilité de l'honneur que je ſouhaitois lui faire, m'aſſurant qu'elle lui avoit paru très-diſpoſée à y conſentir; mais que ſon épouſe ayant un neveu en âge d'être marié, il le deſtinoit pour Iſidore, dans le deſſein de les adopter l'un & l'autre. Il ajouta que cependant il me ſupplioit de reſter chez lui autant de tems que je le jugerois à propos; que plus j'y demeurerois, plus je lui ferois de plaisir; & que lorsque je voudrois partir, il me procureroit un Vaisseau pour Londres, ou pour tel autre endroit que je choisirois.

Je laisse à penser ce que je devins à cette accablante nouvelle; le dépit & la confusion éclaterent sur mon visage, & opérerent un trouble si puissant sur moi, que je quittai brusquement Don Pedro sans pouvoir lui dire une seule parole. Tout mon soin fut de chercher Isidore: elle étoit dans sa chambre avec son cousin; mais me voyant entrer, & connoissant aussi-tôt à mon air mon chagrin & mon embarras, elle le pria de s'éloigner: ensuite m'ayant fait asseoir, je sçai, me dit-elle, ce qui vous amene; entendez-moi, & ſoyez mon juge : ce n'eſt pas d'aujourd'hui que je ſuis inſtruite du deſſein qu'ont mes parens de me marier à Don Jago : j'y ai réſiſté de tout mon pouvoir ; je leur ai même repréſenté que je vous avois engagé ma foi, & que je ne pouvois accepter d'autre main que la vôtre. Et qu'ai-je droit en effet de vous refuſer, ajouta-t'elle en fondant en larmes? ai-je rien qui ne doive être à vous? après tant de ſervices rendus, après tant de témoignages que vous m'avez donnés de l'amour le plus tendre, & de la volonté ſincere où vous étiez de partager généreuſement avec moi une fortune brillante que votre cœur m'offroit? Non, je n'y puis conſentir : il n'appartient qu'à vous de poſſéder mon cœur ; c'eſt à vous ſeul d'en diſpoſer ; je vous en laiſſe le maître. Soit menſonge, ſoit vérité, elle parla ſi bien, que je penſai en être la dupe. Il eſt vrai que dans l'embarras où me jetta cette ſcêne, il m'entra dans l'idée beaucoup de doute de ſa ſincérité: je n'oubliai point ce que j'avois mille fois entendu dire, que pour mieux nous en faire accroire, il n'y a point de reſſorts qu'une femme ne faſſe jouer ; & je fus prêt à compter pour rien ſes larmes & ſa prétendue réſiſtance aux volontés de ſes parens. Cependant l'ingénuité que je crus remarquer dans ſa douleur, & la honte que j'aurois eue de ne pas répondre à l'opinion qu'elle avoit de moi, me fit dans le moment prendre mon parti. Ceſſez vos pleurs, lui dis-je, Iſidore, & reconnoiſſez-moi pour l'homme du monde le moins capable de vous chagriner, ou de faire violence à vos inclinations. Mes déſirs étoient l'effet naturel de vos charmes; & mon cœur qui en étoit épris, ne me preſſoit de vous offrir ma main, que pour vous prouver ſa générosité dans la ſituation ſurtout où le ſort vous avoit réduite. J'avois crû qu'en faiſant mon bonheur, vous ne refuſeriez pas de ma main des avantages dont vous aviez beſoin, & que vous auriez trouvés avec moi! vous les trouvez aujourd'hui, ces avantages, dans le ſein même de votre famille; jouiſſez-en, vous n'avez rien de mieux à faire que d'en profiter:

pour

pour moi, par-tout pourſuivi du deſtin, je vais obéir à ſes ordres qui me rappellent en ma patrie ; pourquoi voudrois-je y réſiſter ? Je la quittai en diſant ces mots, & m'étant retiré dans ma chambre, je m'y livrai tout entier à ma douleur. Alors réfléchiſſant aux noires trahiſons dont ma vie avoit été traverſée, après mille réflexions toutes plus accablantes l'une que l'autre, je crus n'avoir d'autre parti à prendre que de retourner à Londres. Le ſouvenir des biens que j'y avois laiſſés, d'une famille déſolée qui me regretoit, d'une mere tendre qui ſans doute pleuroit ma perte, me confirma dans cette réſolution ; & ſur le champ je fis demander au Port s'il n'y auroit pas quelque Vaiſſeau qui dût faire route vers les côtes d'Angleterre, Il s'y trouva par hasard un Vaisseau Anglois qui devoit partir dans huit jours pour Plimouth. Je fis porter aussi-tôt mes malles à l'Auberge où nous étions descendus en arrivant ; & ayant pris congé de mes hôtes avec qui j'avois vêcu près de six mois, je sortis du logis de Don-Pedro pour ne jamais y remettre le pied. J'étois à la veille de partir, lorsque j'appris que ce Vaisseau Anglois devoit relâcher à la Jamaïque. Cette nouvelle me chagrina, d'autant plus que je n'osois retourner à *Port-Royal*, où j'aurois pû être reconnu par Pollinwick, ou par quelques autres qui m'auroient découvert ; mais ayant sçû du Capitaine qu'il ne séjourneroit dans ce Port que huit jours au plus, je résolus de partir à tout hasard, faisant réflexion que je pouvois me tenir caché dans une Auberge pendant tout ce tems. Nous quittames le Port de la *Havane* avec beancoup de joie, le Capitaine & moi, dans l'espérance de revoir bientôt notre cherc patrie : j'avois déja presqu'entierement oublié l'ingrate Isidore, aussi n'avois-je jamais été fort attaché à elle ; si je l'avois suivie, ce n'étoit que par le dépit que m'avoit causé la perfidie de Léonice.

CHAPITRE IX.

Retour de Toms-Kenbrook à la Jamaïque, où il rencue avec Léonice. Leur entrevûe, mesures qu'ils prennent ensemble.

NOus arrivames à la Jamaïque sans avoir essuyé de mauvais tems, ni couru aucun danger ; il sembloit déja que mes priéres eussent obtenu le calme des flots, & la sûreté contre les Pirates. Mais quel fut mon étonnement, lorsqu'en entrant à *Port-Royal* j'appris la mort du Gouverneur Milord-Koswal, & que Léonice sa fille n'étoit point mariée. Je voulus m'instruire à fond de cette histoire, & je ſçus que tout étoit diſpoſé pour célébrer les nôces de Léonice avec Pollinwick, lorſqu'on s'apperçut de l'évaſion d'une Femme-de-chambre qu'elle avoit amenée de Londres; qu'on avoit découvert en même tems que cette prétendue Suivante n'étoit rien moins qu'une Femme-de-chambre; que c'étoit un jeune homme traveſti, qui étoit l'amant de Léonice, & qui avoit été même aſſez téméraire pour porter un défi à Pollinwick avant que de ſortir de l'Iſle; qu'à cette nouvelle les parens de ce jeune Seigneur s'étoient oppoſés à ſon mariage, perſuadés qu'une conduite auſſi irréguliere cauſeroit au moins des ſoupçons qui ne pouvoient lui faire honneur; que le Gouverneur outré d'un affront ſi ſenſible, accablé de douleur & de chagrin, avoit inſenſiblement ſuccombé ſous le poids d'une telle diſgrace; qu'il étoit mort, & que Léonice ſa fille ſe diſpoſoit à partir inceſſamment pour retourner à Londres y cacher ſa honte & ſon ignominie. J'aurois de la peine à marquer bien préciſément quels furent mes ſentimens lorſque j'appris cette nouvelle. Ma premiere penſée fut d'abord de me reprocher la mort du Gouverneur, dont il me ſembloit que je fuſſe la cauſe, quoiqu'innocente à la vérité: enſuite je ſentois réveiller mes premiers feux; la force de mon ancienne tendreſſe reprenoit le deſſus, & inſpiroit à mon cœur une joie ſecrete d'apprendre la défaite de mon rival, & que Léonice étoit encore maîtresse de sa main. Mais cette joie étoit troublée sans cesse par la crainte où j'étois que Pollinwick ou Wolmann ne fussent instruits de mon débarquement dans l'Isle, & qu'ils ne conspirassent contre mes jours: j'avois cependant un désir impatient de revoir Léonice; & si cette crainte ne m'eût porté à garder des ménagemens, toute ingrate qu'elle avoit été à mon égard, je me serois rendu sur l'heure auprès d'elle. Alors je commençai à me rappeller, que les plus doux momens de ma vie avoient été ceux que j'avois passés à la voir: alors son idée commença à m'occuper uniquement; & quelque soin que je prisse à la chasser, au milieu même de mes occupations, elle me retraçoit le ſouvenir de mille douceurs paſſées, qui ſe repréſentoient ſans ceſſe à mon eſprit, & qui m'affligeoient continuellement.

On conçoit ſans peine dans quelle agitation je me trouvai alors, flottant entre la triſteſſe & la joie, entre la crainte & l'eſpérance. Fatigué par le trouble autant que par le voyage, je me mis au lit, & je m'oubliai ſi entierement entre les bras du ſommeil, que je dormis juſqu'au lendemain. A mon réveil je fus ſurpris de me trouver dans une ſueur & un abbatement extrême: je crus devoir en attribuer la cauſe à un ſonge affreux, qui par ſes violentes ſecouſſes m'avoit réduit en cet état; je ne m'en rappellai les circonſtances qu'avec horreur.

J'avois rêvé que par les artifices d'un malheureux qui avoit abusé de ma confiance, Léonice m'avoit été arrachée d'entre les bras; que courant après son ravisseur que je voyois fuir devant moi, lorsque j'avois été à portée de l'arrêter, deux autres méchans de son parti s'étoient présentés pour y mettre obstable; que Léonice, les yeux couverts de larmes, me tendoit les mains en me priant de la secourir; & que dans mon transport ayant chargé ces téméraires, plusieurs coups d'épée s'étoient donnés de part & d'autre; que dans la chaleur de la mêlée Léonice en avoit reçû un qui la perçoit de part en part, & d'où sortoient des ruisseaux de sang.

L'horreur de cette image

m'avoit réveillé en ſurſaut, & m'agitoit même encore après que j'eus les yeux ouverts. Je ſçavois tout ce qui s'eſt dit de la vanité des ſonges; cependant celui-ci m'effrayoit. Outre ce que j'avois à craindre du reſſentiment de Wolmann, l'idée de Pollinwick me ſuivoit partout; plus je réfléchiſſois au ſonge que j'avois fait, plus je me perſuadois que quoique Léonice lui fût peut-être indifférente, il ne manqueroit pas de s'oppoſer à ſon départ, s'il ſçavoit que je duſſe faire le voyage avec elle, & qu'il apoſteroit peut-être quelques ſcélérats pour m'aſſaſſiner. Je conclus conſéquemment que je devois uſer d'une grande prudence, & me tenir caché juſqu'à mon départ: ma modération n'alloit cependant pas jusqu'à réprimer dans mon cœur le désir violent que j'avois de revoir Léonice ; il augmentoit au contraire par dégrés : au moins étois-je bien aise qu'elle fût instruite de mon arrivée ; mais de quelles voies se servir pour y parvenir ? Après bien des réflexions, je crus pouvoir me confier pour cela au Capitaine Walking qui m'avoit pris sur son bord. Nous étions compatriotes, & sur le Vaisseau nous avions lié amitié ensemble : du reste je n'avois aucun lieu de douter de sa probité ; de sorte que je crus pouvoir en toute sûreté lui faire l'ouverture de mon projet. Ce qui m'embarrassoit, est que dans le voyage je lui avois forgé une histoire tout opposée, ayant prétexté une succession à recueillir d'un parent mort à Cuba. N'importe ; la force de mon ancienne tendresse l'emporta sur toutes les réflexions, & j'ordonnai à un domestique d'aller de ma part prier Walking de venir dîner chez moi. Il s'y rendit à l'heure marquée ; & pendant le repas je lui fis une déclaration naïve de tout ce qui s'étoit passé entre Léonice & moi ; à chaque trait de ce tableau j'observai qu'il me regardoit d'un œil attentif, & qu'il sembloit prendre beaucoup de part à ma disgrace : je fus si charmé de le voir dans cette disposition, qu'enfin je terminai mon discours en le suppliant de lui rendre une visite de ma part ; je l'nistruisis de la façon dont il devoit s'y prendre pour couvrir cette démarche, & je l'assurai que s'il avoit assez de bonté pour satisfaire l'impatience où j'étois d'en recevoir des nouvelles de sa bouche, tôt ou tard il ressentiroit les effets d'une généreuse reconnoissance. Il me promit de faire tout ce que j'exigeois de lui, me disant poliment que cette confidence le flatoit beaucoup, & que toutes sortes de raisons devoient lui faire accepter avec plaisir l'agréable commission dont je voulois bien l'honorer.

Le lendemain, comme nous en étions convenus, Walking se rendit au logis de Léonice, & lui dit obligeamment que sur ce qu'il avoit appris qu'elle étoit dans le dessein de retourner à Londres, comme il faisoit route de ce côté-là, il avoit crû devoir lui offrir de la prendre ſur ſon bord. Léonice lui répondit, qu'effectivement elle n'étoit pas éloignée de partir pour ſa patrie qu'elle regrettoit beaucoup; mais qu'elle attendoit à cet effet des ordres poſitifs de Londres; qu'elle avoit même encore quelques arrangemens à prendre dans l'Iſle, & ne pourroit en ſortir ſitot. Wolking répliqua qu'il étoit fort diſpoſé à la ſervir, & que s'il ne s'agiſſoit que de retarder, il ne lui laiſſeroit rien à déſirer ſur cet article; que cependant il avoit à bord un jeune Seigneur de Londres qui le preſſoit vivement de s'éloigner, d'autant plus qu'il s'ennuyoit extrêmement dans ce pays, n'y ayant aucune ſociété, & n'oſant même ſe faire connoître. La curioſité preſſa Léonice de demander qui étoit ce jeune homme, & d'où il venoit? Walking feignit de faire quelque difficulté de me nommer, dans la crainte, lui disoit-il, de me donner de l'inquiétude, & de l'embarrasser elle-même, en lui rappellant le souvenir d'une personne qu'elle avoit oubliée. Elle insista, & Walking ayant observé qu'ils étoient seuls, lui découvrit tout le mistère.

Il est aisé de s'imaginer qu'elle fut son émotion & sa surprise, lorsqu'elle entendit prononcer mon nom. Walking luimême me dit ensuite, qu'elle en avoit paru aussi consternée que si elle eût été frappée d'un coup de foudre. Cependant ayant fait ses efforts pour se remettre de cet abattement, elle feignit d'abord de ne me pas connoître : ensuite sentant bien que son trouble l'avoit trahie, elle demanda à Walking où j'étois logé ; & ayant répandu quelques larmes, elle le pria de me dire de ne point paroître ; que j'avois dans l'Isle deux ennemis furieux, qui seroient ravis de m'immoler à leur ressentiment ; que je n'avois de salut à espérer que le secret ; & qu'elle feroit ses diligences pour partir incessamment. Walking lui ayant témoigné l'empressement où j'étois de la revoir, elle lui répondit qu'il me seroit impossible d'aborder chez elle sans beaucoup risquer, parce que quelques-uns des gens de Pollinwick qui avoient lié société avec les siens, y fréquentoient assez souvent ; qu'infailliblement

ment je ſerois reconnu. Mais les inſtances de Walking la déterminerent enfin à une démarche à laquelle je n'avois garde de m'attendre : ce fut que le ſoir même elle ſe rendroit avec lui à mon logis, ſous prétexte d'aller prendre le frais ſur le Port.

En effet ſur le ſoir Walking retourna au logis de Léonice, qui ayant quitté le ſombre deuil qui l'enveloppoit, avoit pris un négligé pour être moins connue ; elle ne ſe fit pas preſſer pour venir chez moi, où je l'attendois avec toute l'impatience imaginable. On conçoit ſans peine quels mouvemens de joie & de tendreſſe agiterent mon cœur dans cette entre-vûe. Je reſtai quelque tems immobile, les yeux fixés ſur Léonice, ſans pouvoir prononcer une ſeule parole ; l'excès de ma joie étoit ſi violent qu'il me fit répandre des larmes : j'eus la douce ſatisfaction de la voir dans la même diſpoſition. Nous nous excitames cependant l'un & l'autre à ſortir de cet état létargique, & après un diſcours fort touchant qu'elle me tint ſur ſa ſituation actuelle, elle me dit que ſa réſolution étoit de ſe retirer à Londres inceſſamment : elle confeſſa qu'après les ſoins extrêmes que j'avois pris d'elle, ç'avoit été les reconnoître mal que de donner ſon conſentement à une alliance dont mon amour étoit outragé ; qu'au-moins elle auroit dû m'en faire part auparavant, puiſque je m'étois rendu digne de ſa confidence ; mais qu'ayant ſenti toute l'injuſtice qu'elle me faiſoit en s'uniſſant à Pollinwick, elle n'avoit oſé m'en parler, dans la crainte de me cauſer un chagrin mortel; que d'ailleurs ayant été forcée par ſon pere de conſentir à ce mariage, elle étoit en quelque ſorte excuſable de me l'avoir tenu caché, d'autant plus qu'elle étoit perſuadée qu'il n'auroit jamais lieu; qu'enfin mes ſoins & mes empreſſemens pour elle, étoient un bien qu'elle avoit trouvé ſi précieux, qu'il lui tiendroit lieu éternellement de toutes choſes. Elle changea enſuite d'entretien, & me demanda d'un ton railleur ce que j'avois fait de la belle Iſidore. Je ne cherchai point de détours pour lui déguiſer ce qui s'étoit paſſé à cet égard: vous allez connoître, lui dis-je, tout l'excès de mes malheurs ; & si vous m'aimez encore, je vais vous préparer d'autres chagrins par le récit naïf des démarches odieuses de cette fille. Après qu'elle m'eut permis de parler, je lui fis un tableau fidele du caractere & de l'injurieux procédé de cette perfide. Léonice m'écouta avec attention jusqu'à la fin de mon discours, & en parut vivement touchée ; elle marqua en effet beaucoup d'indignation contre Isidore, & me dit qu'il falloit que je fusse l'homme du monde le plus généreux, pour avoir voulu sacrifier ma fortune & ma tendresse à une personne trouvée au hasard, dont la vertu étoit aussi équivoque que la naissance ; qu'il n'étoit pas surprenant qu'elle m'eût trahi, n'ayant suivi en cela que les maximes qu'elle avoit toujours pratiquées. Le Capitaine Walking qui n'avoit point encore parlé, interrompit Léonice pour lui demander si elle se détermineroit enfin à partir bien-tôt, & s'il pouvoit se flater de l'avoir sur son bord : en même tems je lui demandai si elle me permettroit de l'accompagner. Elle m'éclaircit ce doute par un autre qu'elle me marqua elle-même, si je lui permettrois de me suivre, puisque j'étois à bord le premier. Je me levai avec transport, & lui engageant ma parole qu'elle me trouveroit toujours les sentimens qu'elle m'avoit connus pour elle, je lui laissai le choix des conditions qu'il lui plairoit de m'imposer pour le voyage : elle me les expliqua naturellement; que nous partirions d'abord dans quinze jours au plus tard, ſoit qu'elle reçût des réponſes de Londres ou non; que je reſterois cependant toujours caché, tant pour ma propre ſûreté que pour ſon honneur; qu'elle auroit ſur le Vaiſſeau la même liberté qu'elle avoit eue en venant de Londres; qu'enfin elle rentreroit dans tous les droits qu'elle avoit eûs autrefois ſur mon cœur, en m'aſſurant de toute ſa tendreſſe, & que déformais elle ſeroit indifférente à tout ce qui ne pourroit ſervir à me rendre heureux & tranquille.

Il n'y avoit rien dans ces conditions qui ne s'accordât avec mon amour; & pour les accepter, je ne devois trouver du côté de mon cœur que de foibles obſtacles à combattre. Mais en favoriſant mes plus cheres inclinations, elles me laiſſoient toujours dans la crainte que toutes mes démarches n'aboutiſſent à rien ; que lorſque nous ſerions à Londres, ſes parens ne s'oppoſaſſent opiniatrément à notre mariage ; ou que peut-être elle-même par légereté ou par caprice, ne m'abandonnât une ſeconde fois. Je me déterminai cependant à faire pour elle tout ce qui dépendroit de moi ; & comptant d'autant plus ſur ſon cœur, qu'elle me ſembloit en être alors maîtreſſe de plus d'une façon, je me déterminai ſans balancer à me livrer aveuglément à tout ce qu'elle ſouhaitteroit. En même tems je lui fis approuver qu'en attendant notre départ, Walking allât tous les jours la voir pour apprendre de sa bouche l'état de sa santé, puisqu'il restoit pour décidé que je ne la reverrois point jusques-là. Je n'avois garde de prévoir alors, que ces fréquentes visites étoient autant d'armes que je fournissois à mon rival. Aussitôt que j'eus demandé cette permission à Léonice, le rusé Walking prit la parole, & la supplia effectivement de lui accorder cette faveur autant de fois qu'elle le trouveroit bon, l'assurant qu'en qualité d'ami commun il se feroit un vrai plaisir de nous servir l'un & l'autre en bon compatriote. J'étois bien éloigné de pénétrer en cela ses vûes secretes, ni d'entrer en aucune défiance à son sujet. Il rendoit cependant de fréquentes visites à Léonice, dont les premiers entretiens

entretiens qu'il eut avec elle, il ne parloit que de mon amour, faisoit valoir mes droits, & expliquoit mes intentions avec un air de tendresse qu'il n'affectoit que dans le dessein de toucher Léonice. Il lui faisoit entendre que j'avois pour elle les sentimens les plus passionnés ; mais aussi me représentoit-il comme le plus heureux de tous les hommes, puisque mon amour avoit pour objet la plus aimable personne du monde ; qu'il n'étoit pas libre de la voir sans l'aimer ; que la tendresse qu'elle m'avoit marquée l'avoit pénétré si vivement, qu'il avoit mille fois envié mon bonheur. Enfin pendant tout le cours de ces visites, il ne chercha qu'à s'en faire aimer par ses flateries & ses politesses. Walking étoit d'une figure avantageuſe, & avec un air diſtingué, il avoit beaucoup d'eſprit : auſſi Léonice trouvoit-elle du plaiſir dans les entretiens qu'ils avoient enſemble ; elle le fit manger pluſieurs fois à ſa table, & je ſuis très-porté à croire qu'il auroit ſouhaité qu'elle ne ſe fût pas déterminée à partir ſitôt, tant il étoit ſatisfait de ſes civilités.

CHAPITRE X.

Départ de Thoms-Kenbrook & de Léonice pour l'Angleterre. Horrible perfidie du Capitaine Walking. Quel en fut le succès.

CEpendant le jour fixé pour le départ arriva enfin ; & je me vis au moment heureux où j'allois être délivré de ma prison. Déja l'équipage travailloit à disposer toutes les choses nécessaires pour le voyage. Je me rendis sur le Vaisseau du grand matin, de peur d'être reconnu de quelqu'un des gens de Léonice qui auroient pû me trahir ; elle ne tarda pas à m'y ſuivre. Notre Capitaine que je voyois de la plus belle humeur du monde depuis quelques jours, nous régala en arrivant à bord d'un magnifique déjeûné, dans lequel il marqua beaucoup d'empreſſemens à ſervir Léonice, & à la prévenir en tout, avec une attention qui annonçoit quelque choſe de plus qu'une galanterie ordinaire. D'ailleurs ſes libéralités, & la maniere dont il les fit, ſurpaſſerent de beaucoup ce que j'avois attendu de lui; cependant je n'y fis de réflexion, qu'autant que je m'imaginai que par cette magnificence il vouloit en quelque ſorte rendre la pareille à Léonice, qui lui avoit donné généreuſement ſa table pendant une grande partie de ſon ſéjour dans l'Iſle. Nous partimes à la faveur d'un vent frais de Nord-Eſt, qui nous fit faire beaucoup de chemin en très-peu de tems. Pendant le voyage nous ne ſongeames qu'à nous livrer au plaiſir & à la joie que nous cauſoit la flateuſe eſpérance de revoir bien-tôt notre chere patrie. Walking faiſoit table commune avec nous : il s'étoit chargé de la dépenſe; elle étoit exceſſive, & j'étois bien éloigné d'en deviner le motif. L'amour pour Léonice avoit trouvé place dans ſon cœur : il en étoit cruellement tourmenté; & mettoit tout en œuvre pour gagner ſa tendreſſe. Mais ſoit par crainte que je ne m'apperçuſſe de ce qui ſe paſſoit, & que je ne la ſoupçonnaſſe d'être d'intelligence avec lui, ſoit par l'effet de ſon amour pour moi, & de la délicatesse de ses sentimens, Léonice m'avertit du procédé de l'artificieux Walking. Je m'y serois opposé ouvertement, & je lui en aurois marqué le plus vif ressentiment, si je n'eusse fait réflexion qu'il étoit beaucoup plus prudent de dissimuler, ayant tout à craindre d'un homme passionné. Je sçavois que l'amour peut porter aux plus grands excès; la suite fera voir qu'animé par cette dangereuse passion, on peut même aller jusqu'à la scélératesse.

Je feignis donc d'ignorer ce qui se passoit dans son cœur, j'affectai meme de lui marquer plus d'amitié que jamais; mais j'examinai ses démarches d'un œil attentif: je me trouvois partout où étoit Léonice, & je ne la quittois presque point de vûe ; je lui conseillai même de faire coucher une de ses femmes dans la chambre qu'elle occupoit, sous prétexte de quelques indispositions, & de tenir sa porte exactement fermée pendant la nuit. Toutes ces précautions ne servirent qu'à attiser par dégrés le feu dont Walking étoit consumé ; il devint furieux de ne pouvoir entretenir en secret Léonice, qui l'évitoit avec tout le soin que la bienséance pouvoit permettre. Malgré son air affectueux & composé, j'observois souvent dans ses yeux toutes les ardeurs de l'amour & de la colere. Enfin cédant au désespoir de ne pouvoir satisfaire en liberté les désirs violens qui l'agitoient, il enfanta le projet le plus odieux pour me perdre.

Nous avions à bord un renégat Hollandois qui revenoit de Maroc, & qui ayant piraté longtems dans la mer Méditerranée, avoit fait des gains considérables dans le commerce des esclaves. Par-là il avoit amassé beaucoup d'argent, & s'en retournoit dans sa patrie reprendre sa religion Juive qu'il avoit abandonnée. Walking se persuada qu'un homme de cette étoffe ne feroit nulle difficulté d'entrer dans ses vûes : il lui fit donc l'ouverture du dessein qu'il avoit conçû ; & pour le lui mieux faire goûter, il lui promit de l'associer dans sa bonne fortune. Il lui découvrit qu'il aimoit Léonice ; qu'il osoit même se flater qu'elle ne lui étoit pas cruelle ; qu'il en avoit eu des marques pendant son séjour à *Port-Royal* ; mais que j'étois un obstacle invincible à son bonheur ; que Léonice lui avoit dit plusieurs fois, qu'elle ne pouvoit raisonnablement m'abandonner après avoir reçu des marques si sensibles de mon amour & de ma constance : enfin, dit-il à ce Juif, voulez-vous me servir ? j'ai résolu d'écarter loin de moi un homme contraire à ma félicité & à mon repos. Quel parti me conseillez-vous de prendre pour y parvenir sans éclat ? j'ai pensé, continua-t'il, que je ne pouvois rien faire de mieux que d'entrer la nuit dans sa chambre, & dans le premier sommeil de l'étouffer & de le jetter à la mer ;

mais le Juif plus habile que lui, lui fit obſerver la fauſſeté de cette démarche, en lui faiſant entendre que par-là il s'expoſeroit lui-même cruellement, puiſqu'il étoit reſponſable de la vie des paſſagers qui étoient ſur ſon bord, à moins qu'ils ne périſſent par accident. En même tems il lui donna un avis auquel, diſoit il, il ne riſqueroit rien ; c'étoit de m'accompagner quelque jour ſur les ponts ſous prétexte d'y aller prendre le frais le ſoir, & en ſe promenant avec moi, de me faire paſſer du côté de la banquette, d'où d'un coup violent il lui ſeroit aiſé de me précipiter dans la mer ; le Juif même ſe chargea de l'expédition moyennant une ſomme conſidérable qu'il exigeoit : le prix de mes jours fut réglé entr'eux, & l'affaire fut enfin décidée. C'étoit fait de moi, si un Mousse dont une femme de Léonice se servoit souvent pour quelques besoins, n'eût entendu ce noir complot. Il étoit alors couché sous une grosse poutre où il s'étoit retiré pour dormir, & à peine s'y étoit-il placé, que Walking & le Juif étoient venus s'asseoir dans le même endroit, où ils croyoient n'être écoutés de personne. Dès qu'ils furent éloignés, le Mousse ne manqua pas d'avertir la femme de Léonice de ce noir projet, dans la persuasion où il étoit qu'il seroit bien récompensé. Léonice tremblante d'effroi à cette nouvelle, n'osoit d'abord m'instruire du malheur qui me menaçoit; mais le soir étant entré dans sa chambre, elle m'en fit l'ouverture en fondant en larmes. Un deſſein ſi barbare me mit d'abord en fureur. Ah ! ſcélérat, m'écriai-je, eſt-ce ainſi que tu reconnois les bienfaits ? Eſt-ce là l'uſage que tu fais de ma confiance ? quelle noire trahiſon ? quel abominable deſſein ? J'étois ſi tranſporté, qu'à peine pouvois-je me contenir. Léonice me conſeilla ſagement de modérer mes tranſports, & de ſonger à ma conſervation. Je crus ne pouvoir me la procurer que par une exacte attention à obſerver toutes les démarches du Juif & de Walking. J'eus d'abord la précaution de faire coucher mon domeſtique dans mon lit, tandis que je couchois dans le ſien que j'avois fait placer dans ma chambre ; je mis mes armes en état, & je ne les quitois point pendant la nuit, je tins ma porte exactement fermée. Du côté des promenades, j'évitois les ponts, & sortois peu de la chambre de Léonice ou de la mienne ; je faisois cependant toujours bonne contenance, j'affectois un air serein & tranquille, tandis que le trouble régnoit au dedans. Avec ces précautions je mis Walking dans l'impossibilité d'exécuter son projet. Une tempête violente qui nous jetta sur les Terceres peu de jours après, lui fournit l'idée d'en former un autre. La mer avoit été extrêmement agitée pendant la nuit; de sorte que vers le jour nous apperçûmes terre : le Pilote reconnut que c'étoit une des Terceres, nous n'en étions que très-peu éloignés. Un moment après on découvrit les débris d'un Vaisseau qui avoit échoué contre cette Isle. Walking nous proposa d'aller voir ces débris, & en même tems de descendre dans l'Isle, pour voir si l'on pourroit y faire de l'eau dont il disoit avoir besoin : il me parut que Léonice ne seroit pas fâchée de prendre terre ; de mon côté j'étois bien aise de parcourir cette Isle, & de sçavoir si elle étoit habitée : une chalouppe nous y porta. Nous examinames d'abord les débris du Vaisseau échoué : nous remarquames entr'autres choses une cage à moitié ènfoncée dans le sable, dans laquelle il y avoit deux perroquets qui paroissoient n'être morts que depuis peu ; d'où nous conclumes qu'il n'y avoit pas long-tems que ce Vaisſeau avoit fait naufrage. Nous fimes enſuite pluſieurs tous dans l'Iſle : le Juif renégat étoit avec nous, ſans qu'il m'entrât pour le moment la moindre défiance à ſon ſujet ; lorſqu'ils eurent reconnu que cette petite Iſle n'étoit point habitée, Walking & lui formerent le deſſein de m'y abandonner. Nous retournames tranquillement vers la chalouppe ſans qu'ils m'euſſent marqué la moindre émotion, ni que j'euſſe pû obſerver dans leurs yeux ni dans leurs manieres le moindre ſigne du deſſein pernicieux qu'il avoient de me perdre. Lorſqu'on fut arrivé à la chalouppe, Léonice entra la premiere ; mais m'étant préſenté enſuite pour y monter à mon tour, le Juif s'y oppoſa, &

m'ayant repoussé avec violence : me renversa sur le sable, le Capitaine qui par politesse nous avoit cédé le pas, étoit resté le dernier sur le bord ; il profita de cet intervalle pour entrer dans la chalouppe, & donnant aussitôt ses ordres pour ramer, prit le large. A ce mouvement Léonice se mit à crier ; de mon côté me voyant abandonné, je jettois aussi des cris lamentables. J'avois cependant les yeux attachés sur elle, uniquement occupé du malheur qui me menaçoit, lorsque j'entendis marcher derriere moi : je tournai la vûe, & j'apperçus un homme d'assez bonne mine qui couroit de toutes ses forces ; un moment après j'en vis deux autres. Ma frayeur eût été extrême, si je n'avois été alors tout

occupé

occupé de Léonice & de mon malheur. Cet homme ne m'eut pas plûtôt abordé, qu'il me demanda le ſujet de mes cris: la conſternation où j'étois ne me permit pas de lui répondre; je lui montrai ſeulement le Vaiſſeau à l'ancre, & la chalouppe qui me fuyoit: les deux autres approcherent dans cet intervalle, quatre autres encore, qui tous m'apprirent qu'ils étoient les malheureux reſtes de l'équipage du Vaiſſeau qui avoit échoué en cet endroit. Leur ayant témoigné alors ma douleur de me voir lâchement abandonné dans cette Iſle, ils me dirent qu'ils avoient ſauvé du naufrage une chalouppe qui étoit dans une eſpece de baye; ils m'y conduiſirent, & ravis de trouver une occaſion telle qu'ils la souhaitoient de sortir de ce désert, ils me firent offre de leurs services. Je les acceptai : nous entrames tous à la hâte dans cette chalouppe, faisant force de rames ; quelque diligence que fît Walking, nous eumes le tems d'aborder notre Vaisseau avant qu'on eût levé les ancres, d'autant plus que Léonice, ses gens & les miens s'y opposoient tous avec vigueur.

CHAPITRE XI.

Arrivée des deux Amans à Londres. Mariage de Toms Kenbrook & de Léonice, & conclusion du Roman.

CEpendant Walking refussoit encore de prendre sur son bord ces inconnus qui m'avoient accompagné. On conçoit ſans peine que le dépit & la honte de voir ſon deſſein manqué, étoient la cauſe de ce refus inhumain : heureuſement pour eux, parmi ces ſept perſonnes ſe trouva le parent d'un des meilleurs amis du Capitaine ; il ſe fit connoître à lui, & le preſſa ſi vivement, qu'il ſe rendit enfin aux touchantes ſupplications de ces malheureux, & les laiſſa monter ſur ſon Vaiſſeau. Léonice me reçut avec des tranſports de joie qu'on ne peut exprimer ; Walking de ſon côté m'ayant abordé d'un air riant, m'aſſura que je ne devois point m'offenſer de ce badinage ; que ſon deſſein n'avoit pas été de m'abandonner, mais ſeulement de me donner queques momens d'inquiétude, &

d'éprouver la tendresse de Léonice. Je le remerciai fort de ses soins d'un air assez froid, & le priai de s'amuser désormais plus utilement ; cependant je redoublai ma vigilance & mes précautions.

Nous continuames notre route vers les côtes d'Angleterre, & nous eumes un vent si favorable que nous débarquames à Plimouth peu de tems après. Pendant cette traversée il ne se passa rien à mon égard de la part de Walking dont je pusse raisonnablement être mécontent : son dessein échoué l'avoit rendu sage ; il eut pour moi & pour Léonice les mêmes attentions qu'il avoit eûes avant notre départ, & il s'observa avec tant de circonspection, qu'il ne me vint pas la moindre envie de porter mes plaintes contre lui à mon arrivée. Un de ces infortunés qui s'étoient ſauvés du naufrage s'étoit attaché à moi dans la route ; j'en pris ſoin juſqu'à Plimouth : pendant ce tems-là m'ayant inſtruit de ſa patrie & de ſa naiſſance, il ſe trouva qu'il étoit Anglois, & de très bonne maiſon, & que ſon pere avoit fait de fréquens voyages avec le mien aux Antilles ; les autres n'étoient que des Matelots, que je recommandai aux gens de Léonice. Nous ne nous arrêtames que peu de jours à Plimouth, par le déſir violent que j'avois de revoir ma famille ; Léonice au contraire craignoit de ſanglans reproches de la part de ſes parens, qui avoient été inſtruits de tout ce qui s'étoit paſſé entr'elle &

moi. Je la raſſurai, en lui repréſentant que la joie qu'ils auroient de la revoir, leur feroit tout oublier, & que le motif qui lui faiſoit craindre leur approche, feroit préciſément celui qui les porteroit à ſe préter plus facilement à ſes déſirs, & à donner les mains à notre mariage. Enſuite jettant un coup d'œil ſur les dangers que nous avions courus, je ne voyois dans toute l'étendue de mes découvertes qu'un motif continuel d'augmenter mon dégoût pour les courſes & les voyages Je me rappellai alors le ſonge qui m'avoit ſi fort agité à mon retour à la Jamaïque ; j'en fis part à Léonice, & en faiſant l'application à ce qui m'étoit arrivé aux Terceres, je dis en badinant que les ſonges n'étoient pas toujours menteurs. Nous nous hâtames de partir pour Londres; une chaiſe de poſte nous y rendit en deux jours. La vûe de cette ſuperbe Tour qui fait l'admiration des curieux, opéra en moi un effet aſſez naturel à tous ceux qui revoient leur patrie après une longue abſence; je me ſentis attendri en la découvrant au point de répandre des larmes : cependant je fis mes efforts pour les retenir, de peur d'exciter Léonice à m'imiter. Cette précaution étoit inutile; elle ne me parut point du tout émûe aux approches de Londres, & j'admirai ſa fermeté, dont j'attribuai plûtôt la cauſe à quelqu'idée qui l'occupoit vivement, qu'à la force de ſon eſprit.

Pour dérober à ſes parens la

connoiſſance de nos démarches, en arrivant dans les fauxbourgs, je me fis deſcendre de ma chaiſe, & j'entrai dans une Auberge pour m'y repoſer juſqu'à la nuit; Léonice pénétra juſques dans la Ville, & fut mettre pied à terre à ſon logis, où elle étoit attendue depuis pluſieurs jours. Ses parens les plus proches accoururent au bruit de ſon arrivée pour la recevoir; dans les premiers transports de leur joie pluſieurs répandirent des larmes: on ſervit enſuite un ſouper magnifique, où la tendreſſe parla ſeule; on remit les affaires ſérieuſes à un autre jour. Léonice étoit extrêmement fatiguée, elle ſoupa peu, & ſe fit mettre au lit. Pour moi, auſſitôt que l'obſcurité de la nuit commença à paroître; je fis venir

nir un carroſſe qui me conduiſit chez un de mes parens que j'eſtimois le plus, & qui m'honnoroit auſſi d'une ſinguliere amitié : là de peur que mon arrivée imprévue ne causât à ma mere quelque révolution funeſte, je priai ce parent de la prévenir, & de la diſpoſer par dégrés à revoir un fils qu'elle avoit long-tems regreté. Mon parent me fit accepter un lit chez lui ; & le lendemain il me préſenta à ma mere. On imagine aſſez les douces careſſes, les tendres reproches qui furent prodigués en cette rencontre. Ma mere reſta quelque tems ſans pouvoir parler, & ne me témoignoit ſa joie que par ſes larmes & ſes embraſſemens.

Après avoir pris du repos pendant quelques jours, je penſai enfin accomplir un himen que j'avois mérité par tant de travaux & tant de ſoins. Je le fis d'abord agréer à ma mere ; enſuite je priai mon parent d'en faire l'ouverture à un des oncles de Léonice ; ſa facilité me ſurprit autant que l'obſtacle que j'appréhendois, m'avoit effrayé ; car quoique mon aventure eût trop fait de bruit pour qu'ils duſſent raiſonnablement s'oppoſer à mes prétentions, je craignois toujours que le dépit ne l'emportât dans leur eſprit, & que pour punition de ſa légereté & de ma téméraire entrepriſe, ils ne rejettaſſent mes propoſitions. Il me fut donc libre pour la premiere fois de la voir librement chez elle. Je lui rendis des viſites aſſidues pendant quelques jours, tandis que de part & d'autre on disposoit tout pour notre mariage. L'appareil & la dépense n'en furent pas mesurés sur le mérite d'un aussi aimable objet que Léonice, parce que ses parens s'y opposerent. Ma mere extrêmement généreuse, l'auroit souhaité autrement; elle aimoit l'éclat & la magnificence, & n'étoit pas fâchée de trouver cette occasion de se montrer telle qu'elle étoit. Nous fûmes long-tems le sujet des entretiens de toute la Ville; nous attirions les regards de tout Londres, & j'étois proposé partout comme un modele de constance & de tendresse.

Ma mere supposée, qui m'avoit reçu chez elle avec tant de bonté, & qui m'avoit présenté si officieusement à Milord

Kofwal, fervit à la nôce ; fa joie étoit exceffive de voir fes projets fuivis d'un fi heureux évenement. Pour récompenfe de fes bons offices, je la comblai de préfens affez confidérables pour lui procurer le refte de fes jours une vie douce & commode. Pour moi après avoir vécu quinze ans entiers avec Léonice dans l'union la plus parfaite, fans aucun mélange d'amertume, fans même qu'il eût paru la moindre altération dans notre amour réciproque, une mort barbare me l'a enlevée. Depuis ce moment je mene une vie languiffante, dans l'attente que la vive douleur qui me ronge infenfiblement, me réunira bien-tôt pour jamais à cette tendre époufe.

Fin de la feconde Partie.

www.ingramcontent.com/pod-product-compliance
Ingram Content Group UK Ltd.
Pitfield, Milton Keynes, MK11 3LW, UK
UKHW031909260826
14628UKWH00003B/1090

9 782329 468259